KB038172

DREAMBOOKS★

DREAMBOOKS★

DREAMBOOKS★

武當前生
무당전생 10

dream books
드림북스

무당전생 10

초판 1쇄 인쇄 / 2016년 3월 22일
초판 1쇄 발행 / 2016년 3월 28일

지은이 / 정원

발행인 / 오영배
책임편집 / 편집부
펴낸 곳 / (주)삼양출판사 · 드림북스

주소 / 서울특별시 강북구 도봉로 173
대표 전화 / 02-980-2112 팩스 / 02-983-0660
편집부 전화 / 02-980-2116 팩스 / 02-983-8201
블로그 / blog.naver.com/dreambookss

등록번호 / 제9-00046호
등록일자 / 1999년 3월 11일

값 8,000원

ISBN 979-11-313-0522-5 (04810) / 979-11-313-0195-1 (세트)

* 지은이와 협의하에 인지는 생략합니다.
* 잘못된 책은 구입한 곳에서 바꾸어 드립니다.

武當前生

무당전생 10

정원 신무협 장편소설

ORIENTAL FANTASY STORY & ADVENTURE

dream books
드림북스

武當前生
무당전생

목차

第一章

남군거동(男軍擧動)

냉미려는 급진파의 지도자답게 그 행동력이 시원시원할 정도로 빠르고 대담했다.

정찰전이 끝나고 얼마 지나지 않아 재정비를 끝낸 냉미려는 다시 전면전을 위해서 부대를 이끌었다.

저번도 마찬가지였지만, 소궁주에게도 미리 언질을 받은 온건파의 부대는 침을 꿀꺽 삼키며 긴장의 끈을 놓치지 않았다.

정찰전과 다르게 사상자도 발생할지 모른다는 경고에 그녀들도 손에 땀을 쥐고 앞으로 있을 싸움에 각오하게 됐다.

저번처럼 각 파의 지도자의 외침에 의해서 전면전에 돌입하게 됐다.

"와아아아아아!"

내전은 살벌하게 벌어졌다. 다들 각오한 만큼, 피가 튀고 비명이 터졌다. 비위가 좋지 않은 자들은 토악질을 해댔다.

'그녀가 말한 대로다.'

전장을 누비면서 북해의 무사들을 상대하고 있던 진양이 이맛살을 슬며시 찌푸리면서 생각에 잠겼다.

'냉미려를 비롯하여 정예들이 빠져있어.'

전황을 세세하게 파악하면서도 몸은 멈추지 않았다. 자신에게 달려드는 북해의 무사들을 적당히 상대해줬다.

양의신공 덕에 복잡한 생각도 동시에 행할 수 있었다.

'역시나 만년빙동으로 빠졌나.'

며칠 전, 냉약빙은 일찍이 급진파의 행동을 예견했다.

그리고 그 말대로 냉미려는 전면전에 돌입하자마자 정예를 이끌고 따로 빠져 우회를 시도. 만년빙동으로 향했다.

전시에 총지휘관이 따로 빠지는 건 미친 짓이나 다름없었지만, 최종 목적을 생각하면 그다지 상관없는 일이었다.

어차피 인공빙정만 손에 넣는다면 북해궁주로 인정된

다. 그걸 막으려면 냉약빙도 어쩔 수 없이 전선에서 빠져야했다.

그래서 냉약빙 역시 한추설을 비롯한 북풍대와 함께 일찌감치 빠져나와서 만년빙동으로 이동했다.

"막아라!"

참고로 지휘권을 그대로 아무렇게나 던지고 간 건 아니다.

이때를 대비하여 부대의 지휘자가 남아있었는데, 북해에서 보기 드문 노인이었다. 머리가 희끗하고 주름으로 가득한 노파지만 북해의 여인 특유의 위압감을 보이며 지휘하고 있었다.

한때, 전대 북해궁주였던 냉미상을 곁에서 보좌했으며 예전부터 소궁주의 정통성을 지지하는 북해의 장로였다.

"결코 이 앞을 지나갈 수 없도록 막아내라!"

북해제일검객인 한추설에 의해서 가려지긴 했으나, 북해에서 나름 알려진 고수인 노호북검(老虎北劍)이 부르짖었다.

그 기백이 호랑이 같다 해서 붙여진 별호다. 그 위압감에 기가 약한 자들은 몸을 움찔 하고 떨었다.

'저쪽에서 부디 잘 해결해줘야 할 텐데…….'

온건파는 급진파보다 소속된 고수가 적었다.

일단 제일 중요한 만년빙동에 고수를 대부분 투입하다 보니, 정예가 아닌 본대에서 싸울 사람이 없었다.

이렇게 둔다면 본대가 패배하여 순식간에 급진파의 무사들이 구름떼처럼 몰려서 만년빙동을 점령할 확률이 높았다.

그렇다고 고수를 빼기에는 인공빙정을 지킬 숫자가 적다.

그래서 생각한 게 무림맹 고수의 초빙.

사절단이 전부 참가하지 못한 건 아쉬웠지만, 그 대신 남아 있는 무당신룡이 필요한 역할을 모조리 대신할 정도로 강한 힘을 지녔다.

다행히도 온건파의 사기를 하늘을 찌르게 만들 정도로 무시무시한 힘을 보여주면서 전장을 제집마냥 넘나들었다.

노호북검은 소궁주의 혜안에 탄복하면서 만년빙동에서 일어나는 싸움에서 이길 수 있도록 빌었다.

*　　*　　*

만년빙동

최초의 빙정이 발견된 장소로, 이 빙정 덕에 북해궁주들은 대대로 무림 전체에서 절대고수의 이름을 유지할 수 있었다.

동시에 북해에서 가장 추운 지역으로, 근처에 사람은 물론이고 동물 하나 보이지 않았다.

있는 것이라곤 근처에 산처럼 쌓인 눈과 바닥까지 투명한 빙판으로 된 얼음 동굴이 보였다.

"만년빙동……."

동굴 앞에 선 냉미려가 중얼거렸다.

과거에 몇 번, 아니 수십 수백 번 꿈꿔왔던 동굴이다.

언젠가는 이곳에 와서 인공빙정을 섭취하여 북해의 지도자를 되기를 원하면서 수련에 힘쓰고 이상을 품었다.

그렇지만 돌아온 건 믿었던 사람들의 배신뿐.

아직도 눈을 감으면 그때의 고통이 떠오른다.

다음 대의 북해궁주가 될 것을 의심하지 않고 기대했다. 하지만 그만큼 압도적인 실망과 증오, 분노가 다가왔다.

만약 빙공 특유의 감정을 잠재우고, 이성을 유지해주는 성질이 아니었다면 주화입마에 걸렸을지도 모른다.

"죄송하지만, 사고께서는 이 안으로 들어가실 수 없습니다."

스르릉

얼음으로 된 동굴에서 소궁주가 천천히 걸어 나오자 냉미려를 호위하던 설귀단원들이 일제히 검을 뽑았다.

"누구 앞인 줄 알고 검을 뽑느냐?"

휘이잉!

매서운 바람이 한 차례 불었다. 눈을 잠시 감게 만들 정도로의 강풍이었다.

바람이 지나간 자리에는 북풍대의 일원들이 검을 빼든 채로 경계를 보이고 있었다.

북해의 정예들이 한 자리에 모였다.

은하랑을 필두로 한 북풍대와 동예를 필두로 한 설귀단이 각각 삼십, 합해서 무려 육십이다.

예외로는 전대 북풍대주이자 현 보검주인 한추설과 북해의 두 지도자인 냉약빙과 냉미려였다.

"안 본 사이에 많이 컸구나, 은하랑."

평소처럼 남자를 심히 밝히던 분위기는 없었다.

한 자루의 검처럼 예리함을 곧이곧대로 품은 여고수가 빈틈을 하나도 보이지 않으면서 냉미려를 노려봤다.

"아직 불혹도 되지 않은 핏덩이인 주제에 감히 날 노려보느냐. 누구의 개 아니랄까봐 참으로 무례하구나."

냉미려가 도발했으나 은하랑은 반응하지 않았다. 여전히 칼날처럼 예리하고 매서운 분위기를 유지하면서 경계했다.

평소에는 남자에 사족을 못 하는 노처녀지만, 그래도 명색의 북풍대주다. 엿 바꿔서 얻은 자리가 아니었다.

"여기에서 그런 저급한 도발에 걸릴 사람은 아무도 없습니다."

냉약빙이 어떠한 감정도 보이지 않으면서 담담히 말했다.

북해의 고수란 건 그만큼 감정 조절에도 뛰어나다는 의미.

특히나 이 자리에 모인 건 정예 중에서도 정예다. 도발에 쉽게 걸려들 위인은 한 명도 없었다.

"긴말하지 않으마."

냉미려도 한없이 무(無)에 가까운 얼굴로 담담하게 말했다.

"거기서 비켜라."

"사고께서는 결코 들어가실 수 없다고 말하지 않았습니까."

냉약빙은 한 걸음도 물러나지지 않았다.

"혹시나 노망이 나서 다음 대 북해궁주로 내정된 자만이 출입허가가 되는 것을 잊으신 것이라면 얌전히 돌아가 주세요."

"그렇기에 오지 않았느냐. 다음 대 북해궁주는 이 사고이니 말이다."

"이런, 비약이 심하신 거 아닌가요. 사부님께서 남기신 유언을 모르는 것도 아닐 텐데요. 사고께선 자격이 없습니다."

"아니, 자격이라면 충분하단다."

냉미려의 손에서 주변의 공기까지 얼어붙게 만드는 청백색의 강기가 눈에 훤히 보일 정도로 유형화하여 나타났다.

빙백신공의 일정한 경지에 오르면 얻을 수 있는 힘. 동시에 화경의 경지이기도 하다.

"빙동에 출입할 수 있는 최소한의 무공을 말하는 것이 아닙니다."

"날 바보로 아느냐, 그 정도는 알고 있다."

냉미려가 입꼬리만 살짝 비틀어 올려 차갑게 웃었다.

"빙궁, 아니 — 북해의 내부에서도 날 북해궁주로 추대하는 사람이 얼마나 많은지 모르는 게 아닐 텐데."

"어림없는 소리. 아무것도 모르는 사람들을 속이고 계시지 않습니까?"

냉약빙의 눈썹이 최초로 구부려졌다.

"아무것도 모르다니, 남들이 오해할 소리를 하는구나."

"아니오, 결코 오해가 아닙니다. 북해인들은 오랫동안 평화가 이어져와 중원의 힘을 크게 간과하고 있습니다."

냉미려도 입가에 웃음을 그치고 다시 무표정으로 돌아갔다.

사고에게서 딱히 아무런 대답도 들려오지 않자, 냉약빙

은 그동안 이야기하지 못한 걸 입 바깥으로 꺼내며 말을 이었다.

“사고께서도 소궁주였던 시절, 중원을 다녀오셨을 테니 잘 알고 계시지 않습니까?”

“무엇을?”

냉미려는 답이 뻔한 질문에 일부로 대답하지 않고 반문했다.

그 물음에 냉약빙은 미간을 슬며시 좁혔다가, 어쩔 수 없는 듯이 말했다.

“……현재의 북해의 힘으로는 중원을 침공할 수 없습니다. 그러니 차라리 좀 더 힘을 길러서…….”

“헛소리!”

말이 끝나기도 전에 냉미려가 노성을 질렀다.

“그 소극적이고 겁이 많은 태도를 보니 네 사부가 떠오르는구나. 참으로 형편없는 여자였지!”

중원에 군사부일체가 있다면, 북해에는 군사모일체(君師母一體)가 있다.

면전에서 스승의 욕을 듣는 것보다 더한 치욕은 없었다.

비록 그 상대가 스승의 사저였다곤 해도 말이다.

“아니, 너뿐만이 아니지. 역대의 북해궁주들 모두가 그랬다. 힘이 부족하다면서 중원을 두려워하고, 피하면서 결국

차선책을 찾아 허우적거렸지. 결국에는 어떻게 되었느냐?"

검에 찔려도 눈 하나 깜짝 하지 않을 냉미려의 감정의 벽도 허물어졌다. 과거의 원한과 분노를 토해내는 듯, 악귀처럼 일그러진 얼굴로 빙궁의 체재를 비난했다.

"날이 갈수록 저출산은 심각해지고, 해마다 인구가 감소되면서 이 모양 이 꼴이 나지 않았느냐! 이걸 보고도 아직도 차선책이 있을 것이라고 허황된 꿈에서 살고 있느냐!"

"그렇다고 자살행위를 해서는 아니 됩니다!"

북해와 중원의 전력 차는 눈에 훤히 보일 정도로 뻔하다.

하지만 기본적으로 남자를 우습게 보는 경향과 더불어서, 오랫동안 이어져왔던 평화 때문에 자만심을 키우게 됐다.

그래서 결국 중원 무림도 별것 아니라는 인식을 갖게 됐고, 해 볼 만하다는 생각이 나서 급진파가 대거 형성됐다.

당연하지만, 미친 짓이다. 무조건 지게 되어있다.

"여전히 말이 통하지 않는구나. 누가 네 사부 제자 아니랄까봐 그 꽉 막힌 사고방식은 여전하고……."

냉미려가 코웃음을 치면서 앞으로 한 걸음 내딛었다.

"……!"

그 발걸음에 북풍대가 모조리 반응했다.

"대화로 해결할 수 있었다면 진작에 해결했소, 소궁주."

한추설이 반투명한 보검을 쥐면서 속삭이듯이 말했다.

"이 순간을 반 갑자 이상 기다려왔다. 더 이상의 인내심은 남아있지 않구나, 아가야."

* * *

시간이 흘렀다. 동산 너머로 떠오른 해는 북해를 희미하게 밝힐 무렵에서 시작된 싸움에 뜨고 어느덧 중천에 뜨게 됐다.

약 세 시진이 지났을 무렵. 벽곡단으로 굶주린 배를 채우고 있을 무렵이었다. 이상 현상이 벌어졌다.

와아아아아!

"뭔……?"

노호북검의 주름살이 접히면서 심하게 일그러졌다.

"아니, 방금 그건……."

"지금 우리가 잘못 들었겠지?"

노호북검만이 아니다. 온건파건 급진파건 할 것 없이 전장에서 정신없이 싸우던 여인들의 얼굴에 당혹감이 맺혔다.

여태까지 질리도록 들었던 함성이지만, 그 함성은 무언가 이상했다. 목소리의 음정이 낮아도 너무 낮았다.

여자의 목에서 나오는 소리가 아니다. 하지만 그 정도의 목소리가 모여 함성을 내뱉을 리가 없었다.

그건 몇 백여 년 동안 단 한 번도 없었던 경우니까.

"잠깐, 이건 설마……."

난전 속에서 한창 싸우던 진양도 흠칫 하고 놀랐다.

이곳에 자리한 여자들과 달리, 이 함성은 북해에 있으면서 나름대로 지겹도록 들었던 함성소리였다.

"저, 저건!"

누군가의 손가락이 한 곳을 가리켰다. 온건파도 급진파도 아닌 진영이 없는, 빈 곳이었다.

"설……마……!"

그 누구도 생각하지 못했던 변수.

무당신룡이 낳은 의외성.

"남자……?"

여인들만큼 아름다운 남자들이었다.

숫자를 대충 세어보자면 천 명 정도. 북해빙궁의 남자들이 얼마나 귀한지 생각해 보면 상당히 많은 숫자였다.

남자로 이루어진 정체불명의 부대의 전선 앞. 등허리까지 내려오는 머리를 휘날리면서, 한 미남이 큰 걸음 내딛었다.

위풍당당한 기세를 잃지 않고 고개를 똑바로 세워 오연

한 자세를 취한 남자의 얼굴은 익숙했다.

"풍 소협……?"

진양이 놀라움을 감추지 못하고 그 이름을 중얼거렸다.

"쓸데없는 말은 하지 않겠다!"

풍정국이 허리춤에서 검을 빼들었다.

"북해의 무사, 풍정국 및 도합 천 명 — 무당신룡의 빚을 청산하러, 그리고 스스로의 권리를 쟁취하기 위해 여기에 왔다!"

와아아아!

그동안 고개 숙이고 살았던 남자들이 함성을 내질렀다.

"소궁주님을 도와라! 가자아아!"

풍정국이 북해 곳곳에 전해질 수 있도록 소리를 질렀다. 그 명령에 뒤에 있던 남자들이 함성을 지르며 몸을 날렸다.

"미, 미친! 이게 대체 뭐야!"

생각지도 못 한 공격에 양 진영 모두 당황했다. 특히나 그들을 적으로 둔 급진파는 그야말로 혼란 그 자체였다.

"남자들을 죽이지 마라! 명심하고 또 명심해랏!"

"죽이는 건 물론이고 치명상도 입혀선 안 돼!"

"아니, 집에서 얌전히 기다리고 있어야 할 남자들이 전장에는 도대체 왜……."

남자들의 과거의 무위를 회복했다곤 해도 모두 얻은 것은 아니다.

그들은 몇 년, 심하면 십 년 이상을 아무것도 하지 않았다.

아무리 단련을 했다곤 해도 하루아침에 찾을 수 있는 것이 아니고, 그걸 전부 되찾으려면 최소 몇 달은 소모된다.

당연히 무력만 보자면 그렇게까지 큰 도움은 되지 않는다. 하지만 남자들로 이뤄진 부대의 진정한 힘은, 성별 그 자체다.

북해의 인구가 심각하게 감소할 것이 문제되어 내전 자체도 웬만하면 목숨을 빼앗지 말라는 명령이 내려왔다.

하물며 여자들만 봐도 이러한 상황인데 남자가 내전에 참가하게 된다면 어떻게 할지는 안 봐도 뻔했다.

"과연!"

소궁주를 대신해서 지휘를 맡았던 노호북검의 얼굴에도 화색이 돌았다. 온건파 입장에서는 최고의 지원이었다.

천 명이나 되는 남자들은 이동하는 불가침영역 그 자체. 거기에 단순히 이동만이 아니라, 죽으려고 작정한 것이 마구잡이로 달려들고 있으니 급진파 입장에선 꽤나 아찔할 것이다.

"꺄아아악, 잠깐만. 진정해!"

"이이익! 진정하긴 뭘 진정해! 받아랏! 받아랏!"

"잠깐, 이 남자 좀 누가 말려봐!"

"그게 말이라고 하는 소리야? 자칫 잘못 건드렸다간 이 연약한 남자들이……."

"뭣이라? 날 면전에서 연약하다고 하다니! 에이잇!"

꺄아아아아.

으아아아아.

난장판. 그 외에 눈앞에 상황을 설명할 단어가 없었다.

중상을 입히지 않고 제압하려고 해도 그게 말처럼 쉬운 게 아니었다.

남자와 싸워 본 적이 없는 건 물론이고 손도 제대로 잡아본 적 없는 것이 북해의 여자들이다.

그런 상황에서 평소에 엄중히 보호해 줘야 할 연약한 남자들이 나타났으니, 함부로 건드릴 수가 없었다.

'허, 그야말로 전략병기 그 자체로다.'

진양도 남자부대의 위력을 보면서 입을 쩍 벌렸다.

'학창 시절 때 했던 게임이 떠오르는데?'

진양은 전생이었던 시절을 떠올렸다.

어떤 게임의 퀘스트 중에서 적군을 건드리지 말고 특정 목표만 살해하라는 것이 있었다.

다만 그 특정 목표가 적군의 중심에 있었고, 자신은 적군을 건드리지 못했지만 적군은 자신을 공격할 수 있었다.

게임과 다른 것이 있다면, 급진파 입장에서 특정 목표는 접근할 수 없는 지역에 있다는 것이 문제였다.

즉, 냉미려가 냉약빙을 쓰러뜨리고 인공빙정을 취하고 승리를 선언한 뒤에서야 남자들의 움직임을 멈출 수 있다.

아무리 남자들이 별거 아니라곤 하지만, 그중에선 원래 일류였으나 이류 정도의 무위를 회복한 무인도 껴있었다.

그들을 상대하다가 맞으면 아픈 걸로 끝나지 않는다. 심하면 내상을 입어 중상으로 이어질 수도 있었다.

"아니, 어쩌면 그것보다 더한 상황이지."

남자들만 신경 썼다면 이렇게까지 문제가 되지는 않는다.

정말로 큰 문제는 이미 온건파라는 최대의 적과 싸우던 도중에 투입된 것이다. 그게 심각한 문제였다.

아무도, 아니 하늘조차 예상하지 못했던 변수다. 남자들이 이런 일을 터뜨릴 줄은 그 누구도 예상하지 못한 일이었다.

"대협!"

"송 소협?"

또 다시 전혀 예상하지 못한 사람의 등장에 진양이 놀랐다.

도대체 하루에 몇 번이나 놀라는지 모르겠다.

"아니, 여기에는 무슨 일로……?"

"무사가 전장에 왜 나왔겠습니까, 하하하!"

송유한이 목소리를 높여서 웃었다.

"엣취!"

그러나 북해의 지독한 추위에 콧물과 함께 기침을 토해내면서 몸을 부르르 떨었다. 옷을 겹겹이 입었는데도 이 꼴이다.

진양이 뭐라 말하려고 했으나, 송유한이 손을 들어서 그의 말을 먼저 제지했다.

"충고를 받아들이지 않은 것은 아닙니다. 그렇지만 부디 조금이라도 도움이 되고 싶은 저희의 마음을 헤아려주십시오."

"으음……."

"남자 같지 않은 놈들이 저리 힘쓰는데, 빙궁 내에서 가만히 있었다면 감히 얼굴을 들 수 없었을 겁니다. 명색이 저희도 무림맹 무사이고 남자입니다. 그렇지 않습니까?"

송유한의 주먹으로 자신의 가슴을 두들기면서 씩 웃었다.

'이거야 원, 뭐라 할 수도 없겠구나.'

그 웃음에 곁든 감정을 보고 진양도 피식 웃었다. 그리곤 못 말리겠다는 듯, 어깨를 으쓱이곤 포권으로 인사했다.

"그렇다면 힘 좀 빌리겠습니다."

"예!"

중원 무림 최고의 영웅의 부탁에 송유한이 감격했다. 이걸로 무림맹으로 돌아가서 할 이야기가 몇 가지 늘었다.

"후후후, 이제야 좀 볼만한 얼굴이 되었군요. 빙궁에서 뭐 씹은 얼굴로 지내는 것보단 훨씬 낫네요."

"백리 소저, 역시나 오셨군요."

진양이 예상했다는 듯이 웃으면서 백리선혜를 봤다.

평소의 육감적인 몸매는 아쉽게도 보이지 않았다. 천하의 백리선혜도 이 근처의 추위에는 못 버티는 듯, 볼륨감이 전혀 보이지 않은 차림새를 하고 있었다. 털옷으로 목까지 가렸다.

송유한도 그렇지만 과연 저런 차림으로 평소의 무력도 제한된 채로 싸울 수 있을까하는 걱정이 앞섰다.

"어머나, 공자께선 소첩이 오는 걸 예상하신 모양이군요. 혹시나 절 은근슬쩍 기다린 건 아니었는지요."

그 대신 성격은 여전했다. 백리선혜는 요염하고 또 놀리듯이 웃으면서 다가와 그의 뺨을 매만졌다.

"선선미호 덕분에 저희의 어리석음을 뉘우쳤습니다. 이 빚, 언젠가는 기필코 갚도록 하겠습니다."

송유한이 감복한 표정으로 백리선혜에게도 공손하게 인사했다. 그동안 보였던 태도와는 사뭇 달랐다.

몸동작 하나하나에 진심이 느껴졌으며 진심으로 감사를 느끼는 것이 보였다.

"과연. 그런 것이었습니까."

진양이 이해한 듯 한숨을 내쉬면서 미간을 살짝 좁혔다.

분명 저번에 봤을 때 무림맹 사절단은 체념한 모습이었는지라 방금 온 걸 보고 의문이 들었었다.

헌데 송유한이 백리선혜에게 대하는 태도를 보고 그녀가 옆에서 부축였다는 걸 나름대로 짐작할 수 있었다.

백리선혜가 무림맹 사절단과 달리 따라오지 못하는 걸 굉장히 아쉽게 여겼던 걸 생각하면 빠르게 눈치챌 수 있었다.

"네에, 그런 것이옵니다. 그리고 미리 말씀드리오나 소첩이 고생한 걸 생각해서, 잔소리 정도는 눈감아 주시지요."

백리선혜가 한 쪽 눈을 찡긋 하고 감았다.

"대이이이인—!"

아직 대화가 다 끝나지 않았음에도 멀리서 폭풍을 이끌고 온 남자가 다가오는 것이 보였다. 풍정국이었다.

"와……."

송유한이 그 모습을 순간 넋을 잃은 채로 바라봤다.

"아니, 뭔 남자가 저리……."

진양도 송유한의 말에 속으로 동감하면서 입을 꾹 다물었다.

'양아, 정신 차리자! 저건 남자다!'

눈 위를 달려오는 미인을 보니 감탄사가 절로 튀어나왔다.

그만큼 풍정국은 아름다움 그 자체였다.

특히나 무공을 회복한 뒤로는 원래의 미색도 돌아왔는지는 모르겠지만 그 미색이 나날이 발전했다.

심지어 '사실은 여자가 아닐까?' 하고 순간 진지하게 의심할 정도로의 위력이었다. 그만큼 풍정국은 아름다웠다.

"이 풍정국, 대인을 도와 남자의 인권을 높이기 위해서 이 자리에 왔습니다!"

풍정국이 한쪽 무릎을 꿇고 부복하면서 외쳤다. 그 모습이 마치 주군에게 충성을 맹세한 가신과도 같았다.

"이, 일어나십시오. 저에게 이러시지 않아도 됩니다."

절정의 무위를 지닌 풍정국이라면 북해에서도 지위가 보통이 아닐 터. 그런 사람이 진양에게 충성을 맹세한 듯이 행동하면 나중에 외교적으로 여러 가지 문제가 된다.

"아니오, 그럴 수는 없습니다. 진 대인께서는 저는 물론이고 북해의 남자들이 다시 일어날 수 있도록 가르쳐 주시지 않았습니까! 비록 스승으로 모실 수는 없으나, 그래도 또 다른 스승인 동시에 은공이나 마찬가지입니다!"

풍정국이 눈을 반짝이면서 무한한 존경과 신뢰를 보였다.

이러다가 북해사범이라는 별호까지 얻게 생겼다.

"아, 선선미호께서도 계셨군요. 고민에 빠졌던 저에게……."

"됐어요."

백리선혜가 귀찮다는 듯 손사래를 치면서 말을 막았다.

아무래도 송유한의 감사 인사를 이미 신나게 받아서 그런 모양이었다.

이에 풍정국은 시선을 다시 돌려, 진양을 올려다보면서 살짝 급한 어조로 말했다.

"시간만 있다면 좀 더 대화를 나누고 싶으나, 그러지 못하는 걸 부디 이해해 주십시오. 지금 이럴 때가 아닙니다."

"그게 무슨 소리입니까?"

"지금이 곧 호기입니다. 진 대인께서는 얼른 채비를 갖추시고 만년빙동으로 가셔야 합니다."

"아!"

풍정국의 말에 어떤 의도가 숨겨져 있는지 대번에 파악했다.

"과연. 저보고 소궁주를 도우라는 것입니까."

냉약빙은 만년빙동으로 떠나기 전까지 진양을 데려가지 못하는 걸 아쉬워했다.

화경의 고수, 그것도 최상승이 아닌가. 아쉬워하는 건

당연한 일이다. 그가 합류하면 손쉽게 승리할 수 있다.

그러나 본대의 상황이 그다지 좋지 않으니 어쩔 수 없이 남겼다. 진양이 여기에 있는 이유다.

그런데 비록 천 명 정도 밖에 되지 않지만, 남자부대의 합류로 상황이 완전히 뒤집혔다.

"예, 역시 진 대인이십니다. 그 지혜에 이 풍정국, 그야말로 감복했습니다."

풍정국이 필요 이상으로 반응을 보이자 진양이 쓰게 웃었다.

누구나 알 수 있는 간단한 것이지만, 정말로 무슨 신앙이라도 생겼는지 반응이 정말 과하다.

뭐라고 하고 싶었지만 방금 전에 풍정국이 말했던 대로 그런 잡다한 이야기를 할 때가 아니었다.

"노호북검 장로님께는 제가 방금 전에 말씀드리고 오는 길입니다. 걱정하지 마시고 만년빙동으로 가시면 됩니다."

"알겠습니다. 모두가 만들어준 이 기회. 결코 놓치지 않도록 하겠습니다."

진양이 포권으로 인사하곤 몸을 돌렸다.

그가 만년빙동으로 향했다.

第二章

음의일체(陰意一體)

타아앗!

주변의 풍경이 스쳐 지나간다. 그게 꼭 전생의 현대 지구에서 차량에 타고 창밖을 멍하니 쳐다보는 것과 비슷했다.

진양은 전속력을 다해서 몸을 날렸다. 경신보법인 제운종이 그 속력에 즐거워하는 듯 비명을 지른다.

사람의 몸이란 것이 무게가 없을 리가 없거늘, 어떻게 된 영문인지 깃털처럼 가볍게 느껴졌다.

아니, 그저 느낌뿐만이 아니다. 실제로 밟고 지나간 자리에는 발자국 하나 남겨있지 않았다. 새하얀 눈뿐이다.

'어째서 이렇게나 가벼운 걸까?'

한 가지 의문이었다. 그저, 궁금했던 것뿐이다.

그러나 그 의문이 곧 큰 파장을 만들면서 그의 머릿속을 복잡하게 만들었다. 무학에 대한 호기심이 마구 난리를 친다.

다행히 양의신공이 있어서 만년빙동으로 가면서도 또 다른 생각을 할 수 있었다.

'아! 이걸 모르고 있었다니!'

진양의 생각은 그다지 길지 않았다. 금세 무언가를 저절로 깨우치게 되면서 자신의 우둔함을 자책하게 됐다.

'음의(陰意)덕이구나!'

하늘(天)과 땅(地).

삶(生)죽음(死).

태양(日)과 달(月).

뜨거움(熱)과 차가움(寒).

무거움(重)과 가벼움(輕)!

하나같이 둘로 나뉜 음과 양이 아니겠는가. 북해에 와서 추위가 아무런 영향을 끼치지 못하고 공존할 수 있던 것처럼, 마음만 먹으면 가벼워질 수도 있다는 의미였다.

그동안 제운종을 수없이 펼쳤음에도 이 간단한 걸 모르

고 있었다니, 왠지 모르게 허탈한 웃음이 튀어나왔다.

'아, 그럼 혹시!'

하나를 깨우치니 둘이 떠올랐다. 얼마 전, 빙궁 내에 침입하여 암습을 시도했던 유령곡의 자객들이 떠올랐다.

진양은 발걸음을 멈추지 않으면서도 머릿속에 있는 음의에 대해서 생각하며 몇 가지를 실험해 봤다.

무당파의 가르침대로 제운종의 걷는 법 자체는 바꾸지 않았지만 그 대신에 순환하는 기 자체를 음에 가깝게 떠올려봤다.

"윽!"

무언가를 고치려고 들자 금세 아랫배가 찌릿찌릿하게 아파왔다. 정확히 하단전이 있는 위치다.

'이게 아닌데.'

몸을 점검해보니 기맥과 혈맥까지 무리가 왔다. 무위에 대한 그의 경지가 낮았다면 그대로 주화입마였을 것이다.

무학에 대한 호기심을 참지 못하고, 좀 더 생각해 보면 무언가를 얻을지도 모른다는 생각에 진양은 포기하지 않았다.

다시 자신이 무엇을 잘못했는지 하나하나 되짚어가면서 머리를 열심히 굴려봤다. 그러나 그 원리를 파악하기가 그다지 쉬운 게 아니었다.

제운종은 무당파 내에서도 최상승에 이르는 경신보법이다.

몸을 가볍게 만들어 멀리 이동할 수 있는 경신술뿐만 아니라, 보법까지 합해져있다.

또 배우는 것 자체만으로도 까다롭고 힘들다. 천재가 아니라 범재에 불과한 자신은 배우는 것만으로도 벅차다.

그런데 그걸 어떻게 고치고, 다르게 펼쳐보려고 하니 그것 자체가 무리한 일이다. 아무리 화경이라고 해도 현대인이라는 사고방식에다가 운이 좀 따라줬을 뿐이었다.

'그럼 이걸 고치는 게 아니라…… 아!'

고민하고, 생각하고, 되짚고, 스스로 중얼거리다보니 안개가 낀 것처럼 흐렸던 뇌가 깨끗했다. 전구가 머리 위로 떠오른다.

이렇게까지 또 연달아 깨우침이 일어난 것도 처음이었다.

'허이구, 이 멍청아. 대체 알고 있는 걸 몇 번이나 틀리냐!'

너무 부끄러워서 어디 쥐구멍이라도 있다면 숨고 싶은 심경이었다. 뺨에서 열기까지 느껴졌다.

'음양이란 건 곧 세상의 이치이며 자연스러움이거늘, 기의 순환을 막고 뒤틀리면 당연히 아플 수밖에 없지. 정말이지 주화입마에 걸리지 않은 것은 기적이로구나.'

이런 기초적인 실수를 하다니, 아직까지도 얼굴이 화끈거렸다. 진양은 도중에 발걸음을 멈추고 눈을 퍼서 세수를 했다.

그제야 얼굴이 좀 시원해지더니, 열이 내려갔다.

진양은 다시 몸을 날리면서 생각을 다시 이었다.

'애초에 북해의 추위를 무얼 해서 막은 것도 아니지 않느냐, 바보 멍청아!'

파후달을 제외하곤 다들 추위에 덜덜 떨었다. 중원에서 알려진 고수인 백리선혜조차도 마찬가지였다.

그중에서 자신이 북해의 추위에 영향을 받지 않았던 건, 당연히 음에 대한 깨달음 덕이다.

차가움을 알고 있기에, 차가움이 되었다. 차가움에 대해서 잘 알고, 그걸 품에 안고 이미 공존해 있는데 뭐가 춥겠는가.

"일체유심조(一切有心造)."

모든 것은 오로지 마음이 지어내는 것, 곧 마음을 어떻게 먹기에 따라서 바뀐다. 자신 역시 그렇다.

모르는 것도 아니고, 알고 있던 걸 제대로 인식하지 않았다.

무공이라는 사고방식에만 머리가 굳어있었다. 무조건 공식을 외우게 만드는 한국의 주입식 교육과 같았다.

애초에 이 무림이란 세상에 와서 천재가 아니라 범재임에도 남들보다 성장 속도가 빨랐던 것은 무엇인가. 다 현대인의 사고방식이 있고 전혀 다른 시각이 있었기 때문이었다.

그동안 오랫동안 무림에서 살아와서 그런 것일까, 최근에는 그걸 잊어버렸는지 다른 시각으로 보지 않았다.

'음, 이런 느낌.'

알고만 있는 것은 이해한 것과 다르다.

음의를 깨우치고 그에 관한 지식을 지니고 있었지만, 제대로 쓰지 못했다. 이번에 그걸 알게 되면서 마음을 움직여 봤다.

변화는 곧바로 일어났다. 제운종은 제운종이 아니게 됐다.

확실히 제운종은 이름 그대로, 구름을 밟는 것처럼 가볍기 그지없다. 대성을 이루면서 거의 무음이나 마찬가지다.

하지만 그렇다고 기척까지 지울 수 있는 건 아니었다. 하지만 지금의 진양은 기척까지 보이지 않았다.

유령곡의 어둠과 은밀함, 가벼움, 조용함을 참조했다. 생각하고, 느끼고, 이해하고, 알고 있다고 생각한다.

오랜만에 자전거를 타는 것처럼, 원래 알고 있던 걸 기억 속에서 꺼내서 대충이나마 익혀보려 한다.

마치 그런 것처럼 처음에 어색했던 진양의 움직임이 점차 유령곡 자객들처럼 변하면서 실체 없이 움직였다.

'환라만상진에 빠졌던 것이 이리 도움이 될 줄이야!'

플라시보 효과를 지녔던 환라만상진.

그 파훼법도 마음먹기에 따라서 변화하지 않는가.

그 경험이 도움이 됐다. 역시 세상 모든 것에 쓸모없는 것은 없었다. 뭐든지 도움이 되는 법이다.

입가에 미소를 맺히고, 유령곡의 움직임을 따라하면서 진양은 무시무시한 속도로 전진하여 만년빙동에 도착할 수 있었다.

챙! 채앵!

만년빙동 근처에 도착하자 들려오는 건 역시 금속끼리 부딪치는 마찰음이었다. 그 다음 들린 건 여인들의 숨소리였다.

"하악, 하악!"

은하랑은 팔에 길게 새겨진 검상을 시선으로 힐끗 돌리면서 불같이 화를 냈다.

"소, 송 가가에게 보여줄 팔이……."

좀 어긋나긴 했지만, 북해의 여자도 여자다. 훗날 남편이 될 남자에게 예쁘게 보이고 싶은 건 당연한 본능이다.

마침 최근에 몸을 섞으면서 사랑을 깊이 나눈 송유한과 잘 되어가고(?) 있었다. 만약 팔에 새겨진 검상 때문에 그 관계가 틀어진다면 은하랑은 도저히 참을 수 있는 자신이 없었다.

"하하, 최근에 중원에서 온 남자들과 좀 뒹굴었다고 하더니만 이렇게까지 형편없어질 줄은 몰랐구나. 은하랑."

북해의 설귀를 이끄는 고수, 동예가 비릿하게 미소 지었다.

무공의 수위만 보자면 동예가 은하랑보다 좀 더 위에 있다.

"그만."

은하랑이 대답한 게 아니었다. 한추설이다.

"큰 언니……."

은하랑이 떨리는 목소리로 애칭을 불렀다.

"미안해요."

하필이면 당한 곳이 오른팔. 왼손으론 제대로 된 검법을 펼칠 수는 없었다. 출혈을 막는 것만으로도 급급했다.

"보검주님께서 드디어 납셨네."

동예의 눈동자가 한추설의 허리춤으로 향했다. 반투명한 검신을 자랑하는 북해의 보검을 쳐다보는 눈은 탐욕적이었다.

만년빙동에 들어가지도 못하고 코앞에서 싸운 것도 어언 한 시진하고도 반 정도일까. 아니면 두 시진일까.

시간을 확인할 수 없을 정도로 정신없는 난전이었다. 산 아래쪽에서 일어나는 전쟁터와 비슷할 정도였다.

설귀단은 소수정예다. 북풍대도 나름대로 강하지만 설귀단에 비해선 살짝 아래에 속했다.

그런데 인원수가 같았으니, 밀리는 건 당연한 일이었다.

대신 북풍대에는 북해제일검객인 좌흉나찰이 있었다. 아직 보검의 진정한 힘을 보여주진 않았으나 그것만으로도 벅찼다.

"음, 확실히 설귀단주 말대로요. 평소에 간직했었던 소원을 이루다 보니 행복에 빠져 나태해진 모양이오."

"……."

은하랑이 감동하려다가 말았다. 입을 다물고 초점이 없는 눈으로 한추설의 든든하지도 않은 등을 쳐다봤다.

"허나."

한추설이 태세를 바꾸었다. 눈이 매섭게 떠지자 근처에 있던 설귀단원들이 몸을 움찔 떨면서 침을 꿀꺽 삼켰다.

비록 순간이긴 하지만, 한추설의 기세에 자신들도 모르게 겁을 먹고 공포에 잠겼다.

그야말로 나찰, 보검주의 이름은 결코 헛되지 않았다.

"설사 그게 정말이라고 하여도, 내가 보는 앞에서 가족들을 모욕하는 것은 설귀단주라고 해도 용서할 수 없소."

한추설이 무심한 눈길로 동예를 가만히 노려봤다.

"흥!"

동예가 어림없다는 듯 코웃음을 쳤다.

"그렇게 말하면 제가 겁먹을 줄 알았습니까? 정말 그렇게 생각한다면 크나큰 착각입니다."

동예가 손을 들자 설귀단이 언제든지 뛰어나갈 준비를 했다. 삼십이었던 숫자는 열밖에 남지 않았으나, 그 위세는 삼십과 비교해도 결코 부족함이 없었다.

"애초에 처음부터 싸움에 참가하지 않은 당신의 그 오만이 스스로를 나락으로 떨어뜨렸다는 건 알고 있습니까?"

"나, 좌흉나찰. 그렇게까지 유치하진 않소."

북풍대와 설귀단은 대대로 경쟁하는 사이였다. 그 사이에 낀 감정이 얼마나 깊고 넓은지 모를 리가 없다.

비록 북해의 운명이 걸린 중요한 때라고 해도. 아니, 그렇기에 더더욱 그 역사를 무시하고 싶지 않았다.

이미 자리를 은하랑에 넘기고 은퇴한 한추설은 그래서 일부러 북풍대와 설귀단의 싸움에 끼어들지 않고 방관했다.

아쉽게도 북풍대는 패배했고, 설귀단은 단주까지 포함해서 열한 명이 남았다.

“설사 화경이라도 해도 이 정도 인원의 설귀단원을 이길 수 없을 터. 그 오만이 당신의 목을 조인 겁니다.”

동예가 과연 여성이 맞나 싶을 정도로 비슷하고 음흉하게 웃으면서 검을 한 바퀴 돌려 바로잡았다.

지금까지 살아남은 설귀단원은 모조리 초절정의 고수.

열한 명의 초절정의 고수라면 확실히 저렇게 자신할 만하다. 북해제일검객이자 보검주라도 좀 위험해 보였다.

“음, 확실히. 나 혼자면 좀 힘들 것 같소.”

한추설이 입가에 진한 미소를 그려내며 고개를 주억거렸다.

“허나, 화경이 둘이라면 어떻소?”

“그게 무…… 설마!”

의기양양했던 동예의 안색이 딱딱하게 굳었다.

동예는 황급히 뒤를 돌아보면서 이제 막 도착한 남자. 그리고 북해의 유례없던 폭풍우인 화경의 고수를 보고 경악했다.

“무당신룡!”

‘좋아, 이 틈을 타서!’

열한 명이 크게 당황했다. 그것도 죄다 초절정의 고수밖에 없었다. 과연 정예라고 불릴 만했다.

“하압!”

진양의 몸이 번개같이 쏘아져 나갔다. 제일 거리가 가까운 여무사가 당황하면서 반응하려고 했으나 너무 늦었다.

'십단금!'

쐐애애액!

장풍이 불면서 대기를 가른다. 그러나 두 갈래로 나누어진 것이 아니라, 열 개의 갈래로 나누어졌다.

분경의 묘리를 섞은 무당장법의 절기인 십단금은 대기의 흐름조차 열 단위로 쪼개면서 여무사의 복부를 후려쳤다.

"커헉!"

여무사가 피를 울컥 토해내면서 뒤로 멀찍이 날아갔다.

"네 이놈! 부끄럽지도 않느냐!"

동예가 불같이 화를 내면서 살의를 내뿜었다.

"정파의 무인이란 자가 어떻게—."

'과연, 북해의 여인들은 참으로 다루기가 쉽구나.'

적의 자존심이 높다면 도움이 된다. 충분히 허를 찌르기 쉽기 때문이었다.

무엇보다 그 자존심이 실전에서도 발목을 잡는 덕분에 성가신 적을 약하게 만들어 준다. 그걸 생각해 보면 북해의 여인들은 적으로서 아주 괜찮은 상대라고 할 수 있었다.

무림제일의 살수단체인 유령곡이 무시무시한 건 실체가

없는 특성도 있지만, 진정한 위험은 그게 아니다.

뒷간에 갔을 때, 밥을 먹을 때, 잠을 잘 때 등 수단과 방법을 가리지 않고 약해질 때를 틈타서 공격해 온다는 점이었다.

'둘.'

동예의 말은 깨끗하게 무시한 채, 그 다음으로 가까운 설귀단원의 품 안으로 파고들었다.

오른발을 내딛으면서 왼손을 뒤로 뻗고, 오른팔을 접어서 팔꿈치를 내세워 그 끝으로 설귀단원의 명치를 가격했다.

"카학!"

이 상황에 좀 웃겨 보이긴 해도, 설귀단원들은 초절정의 고수답게 가슴이 컸다.

만약에 가슴에 닿는다면 당황할지도 모른다. 가슴에 대한 호기심과 사랑은 이제 거의 저주에 가깝다. 그래서 일부러 신경 써서 명치 부분만을 가격했다.

설귀단원이 팔꿈치에 맞으면서 자세를 무너뜨렸고, 외마디 비명을 지르면서 쓰러졌다.

초절정의 고수라고 해도 생각지도 못한 기습에 당하면 속수무책으로 무너질 수밖에 없다.

여전히 남자를 은연중에 무시하고 있는 점과, 또 설마

정파의 영웅이 이런 짓을 할 리 없다는 생각이 효과를 보였다.

눈 깜짝할 사이에 초절정의 고수가 둘이나 당하자 동예도 어이없어 하면서 급하게 외쳤다.

"막앗!"

동예를 제외한 설귀단원들이 반으로 갈라섰다. 여덟이라는 숫자가 각각 넷으로 분할되면서 진양과 한추설에게 덤볐다.

"하하하, 절체절명의 순간에 나타나다니 — 그야말로 영웅이 아닌가, 정인께서는 내가 해야 할 역할을 하는구려!"

한추설이 뭐가 그리 좋은지 소리 높여 웃었다.

여전히 변할 것 없는 호칭에 뭐라 한소리라도 해 주려고 했지만, 그냥 신경을 꺼버리면서 자신을 포위한 넷을 살폈다.

느껴지는 무위는 확실히 초절정의 기세. 고수가 무려 넷이나 자신을 맡자 새삼 감회가 새로웠다.

"흥, 무당신룡이라고 해봤자!"

"남자 주제에 이 얼마나 가소롭고 건방질까?"

설귀단원들이 의기양양한 기세로 비릿하게 웃었다.

"그래. 남자라는 건 결국 여자의 치마폭 아래가 아니라면 아무것도 할 수 없는 법!"

"어쩌다 운이 좋아서 화경에 올라서 그런지 쓸데없이 콧대만 높아진 것 같은데…… 이 누나가, 그걸 고쳐 줄게!"

"이렇게 가까이서 본 적이 없어서 몰랐는데, 몸이 꽤 괜찮네. 어때, 지금이라도 설귀단을 시중드는 건?"

네 명의 여인들이 꺄르르 하고 웃어댔다.

면전에서 온갖 비웃음과 모욕을 당한 진양이었으나, 기분이 썩 괜찮았다. 나쁘기는커녕 좀 신기한 느낌이었다.

'이거야 원, 생김새는 멀쩡하지만 하는 짓은 산적들이나 다름없지 않은가.'

쓴웃음이 절로 나왔다.

"중원의 검이 얼마나 대단한지는 모르겠으나, 북해의 검에 비해선 조족지혈일 뿐. 낙설귀검(落雪鬼劍)의 힘을 보여 주마."

설귀단의 주력 무공이 바로 낙설귀검, 한추설의 빙령신검 정도는 아니지만 나름대로 상승에 속하는 검법이었다.

"무당신룡, 네가 검수가 아닌 것이 참으로 안타깝다. 나약해빠진 중원의 검을 완전히 짓뭉개 주려고 했거늘!"

설귀들이 웃음을 보여 주면서 어지럽게 움직였다. 북해 특유의 어지러운 움직임을 내포한 보법이었다.

그녀들은 진양을 중심으로 원형으로 돌았다. 하체에 무게를 제법 실었는지, 아래에 깔린 눈이 파이면서 위로 솟구쳤다.

올라가면 중력에 의해서 떨어지는 법. 뭉쳐있던 눈이 공중에서 나뉘며 진양의 머리 위로 떨어졌다.

파앗!

눈이 다 떨어지기도 전, 빛줄기가 유성처럼 긴 궤적을 남기며 눈 더미를 꿰뚫고 목줄기를 노리고 들어왔다.

'과연!'

물 흐르듯이 부드럽고 자연스러운 발놀림을 보여주면서 몸을 틀었다. 방금 전까지 있던 장소에 검기가 지나갔다.

"하아압!"

"죽어랏!"

그 검기를 시작해서 여러 곳에서 검격이 비처럼 쏟아져 내렸다. 아니, 정확히는 눈과 함께 마구잡이로 쏟아졌다.

설귀단원들은 무게 중심을 하체로 옮긴 건 중심을 안정적으로 만들기 위해서가 아니었다.

발이나 다리의 힘을 이용해서 밑에 깔린 눈들을 올려서 아래로 떨어지게 만들기 위해서였다.

그리고 가루처럼 바스러진 눈들이 시야를 가리자, 그 사이에서 검이 무시무시한 속도로 찔러왔다.

떨어지는 눈 속에서 검을 휘두른다.

어지러운(亂) 특성을 지닌 이 검법은 주로 눈을 속이고 현혹하여 무수히 많은 허초까지 합해서 허를 찌르는 검법이었다.

툭하면 하루 종일 눈이 내리는 북해의 환경에 맞게 딱 알맞은 검 그 자체였다.

거기에 빙공답게 스치고 지나갔는데도 빙한기가 침투하여 몸 곳곳을 괴롭혔다. 정말로 성가신 무공이었다.

"겨우!"

소리치면서 발을 크게 올렸다가 바닥을 향해 내리 꽂는다.

"이런 걸로!"

콰앙!

설귀들처럼 하체에 무게 중심만 옮긴 것이 아니다. 천근추의 수법으로, 발을 힘껏 구르면서 폭발적인 위력을 보였다.

쩌저적!

지면이 그 충격을 버티지 못했다. 힘에 의하여 원형으로 움푹 파이면서 구덩이가 생겼다.

푸화아악!

"큭!"

그리고 위에 쌓여있던 눈들도 자연스레 충격파로 인해 벗겨지면서 파도가 되어 주변을 뒤덮었다.

근처에 있던 설귀단원들은 눈살을 찌푸리면서 얼른 뒤로 물러났다.

그 움직임에는 군더더기 하나 없었고, 당황한 기색도 없었다. 확실히 초절정 무위를 지닌 정예다.

"당할 것 같나!"

포위한 넷을 분산시켜서 잠시 떨어지게 했다.

합공이 은근히 귀찮다. 특히나 한 부대에서 동고동락하면서 훈련을 한 이들의 합공은 더더욱 그렇다.

"받아라!"

슈슈슉!

바람소리가 났다. 주먹을 빠르게 세 번 휘두르면서 난 소리였다. 주먹 끝에서 형성된 권풍이 설귀들을 덮쳤다.

"이런……!"

"잔재주를!"

권풍에 실려 있던 공력이 많아서 좀 골치 아팠다. 세 명의 설귀단원이 팔을 교차하여 막는 데에 힘썼다.

'좋아!'

네 명 중에서 세 명이 잠시 멈췄으니 기회가 왔다.

뒤도 돌아보지 않고 다른 한 명에게 몸을 날렸다.

"무당신룡!"

일설귀(一雪鬼)가 검을 똑바로 세웠다. 잘 보니 보이지 않는 기운이 넘실거리면서 맺혀있었다. 검기다.

초절정의 검기라면 확실히 위험하다.

일설귀가 한 걸음, 두 걸음, 눈 깜짝할 사이에 백 걸음을 걸어 화려하고 여러 변화를 담은 보법을 보여주었다.

어디로 가는지 알 수 없는 보법이었으나, 뭘 하건 상관없다.

"하앗!"

일설귀가 검을 내지른다. 완벽한 찌르기였다.

그러나 찌르기는 어디까지나 눈속임일 뿐, 일설귀가 후방으로 딱 한 걸음 후퇴했다가 몸을 반 바퀴 돌렸다.

그 회전력을 담아서 검이 '쐐애액' 하고 매섭기 그지없는 파공성을 내뱉으면서 수평으로 베기를 시도한다.

"이겼……."

일설귀가 환하게 웃으려다가, 눈을 크게 떴다. 그녀의 눈동자에는 강기를 두른 팔이 날아오는 것이 잡혔다.

빠아아악!

"카하아악!"

일설귀가 고통스럽게 비명을 토해내면서 나가떨어졌다.

검이 닿기도 전, 예상했다는 듯이 날아온 팔에 의하여 얼굴이 완전히 뭉개져버렸다. 그 충격에 이가 떨어져 나갔다.

여자에게 좀 심한 것이 아니냐며 따질 수도 있겠지만, 애초에 일설귀는 목숨을 노렸다. 봐주는 것 자체가 이상하다.

애초에 북해에선 얼굴은 그다지 대단히 중요한 게 아니다.

반대로 수가 부족한 남자라면 모를까.

"살(殺)!"

"남자라고 봐주지 마!"

"이대로 두면 그분의 중원 침공에 방해가 된다!"

이설귀, 삼설귀, 사설귀가 이제야 무언가를 느꼈다.

무당신룡을 제압해서 노리개라도 만들 생각이었는데, 무리였다. 결코 통제할 수 있는 인물이 아니다.

이대로 둔다면 분명 최대의 난적이 될 터. 그걸 느낀 설귀들은 살기를 내뿜으면서 덤벼들었다.

"그게 너희의 패인이다."

처음부터 전력으로 덤벼들었다면 또 모른다. 조금이라도 인원이 많았을 때 싸워야했다.

"끝이다!"

파바밧!

그야말로 찰나. 눈 깜박할 사이의 시간에 주먹을 재빠르게 휘둘렀다. 특이점이 있다면 그 주먹에 강기가 실렸던 것이다.

"아니, 뭔……."

무당파의 무공 중에서 쾌(快)의 특징을 지닌 것이 있다곤 듣지 못했다.

그렇다면 순수하게 내공으로 그 속력을 빨리했다는 거다.

헌데 거기에 강기까지 합하여 동시에 세 번 쏘아 내다니, 인간이 저리 많은 내력을 보유할 수 있는지 의문이었다.

"커허억……!"

검기는 검기. 결코 강기에 견줄 수 없다.

음한지기를 잔뜩 머금은 검기는 권강에 의해서 짓뭉개지고, 분해되고, 소멸되면서 밀려버리면서 검과 함께 박살났다.

내공 대결에서 이기지 못하고 처참할 정도로 패배한 세 명은 그대로 눈을 까뒤집으며 정신을 잃고 쓰러졌다.

"소궁주님은 어디에 있습니까!"

아까에 도착했을 때도 냉약빙의 모습은 없었다. 냉미려도 마찬가지였다.

"빙동 안에 있소!"

한창 싸우던 도중인 한추설이 친절하게 답해줬다.

"이런!"

동예가 혀를 차면서 얼굴을 와락 구겼다. 설마하니 이렇게 빨리 정예인 설귀들이 쓰러질지는 몰랐다는 표정이었다.

"안 돼!"

동예가 도중에 빠져나오려 했다. 그 얼굴에는 다급함이 묻어났다. 진양이 저곳으로 돌아가면 결과는 안 봐도 뻔하다.

"어딜!"

한추설이 동예의 앞을 가로막으며 빙령신검을 펼쳤다. 과연 북해빙궁의 이대신공답게 그 위력이 상당하다.

동예가 혀를 차면서 물러나면서 소리를 버럭 질렀다.

"만년빙동은 허가받지 못한 자는 출입할 수 없다는 걸 잊으셨습니까! 하물며 외부인이 성역에 침입하려하다니!"

"냉미려가 들어갈 수 있도록 도운 주제에 헛소리 하지 마시오. 저기에는 전대의 북해궁주와 다음대 북해궁주로 내정된 소궁주밖에 들어가지 못하오. 먼저 깬 것은 그쪽이오."

"크윽!"

동예가 뭐라 반박하지 못하고 입술을 질끈 깨물었다.

"자아, 제가 막고 있을 테니 얼른 들어가서 도우시오!"

"예, 감사합니다!"

第三章

연연불망(戀戀不忘)

금지이자 성역인 만년빙동은 발견된 이후 처음으로 외부인의 출입을 허가했다. 진양이었다.

얼음으로 된 동굴 안은 추웠다. 한서불침이 아니었다면 뼛속까지 얼어서 얼마 가지 못하고 쓰러졌을 것이다.

그만큼 동굴 전체에서 흘러나오는 냉기가 장난이 아니었다.

'있다!'

동굴 안쪽에서부터 충격파가 느껴졌다. 아직 승부를 내지 못하고 있다는 의미다.

아직 늦지 않았다는 사실에 안도의 한숨을 내쉬면서 힘

을 박찼다. 빙판길을 거의 미끄러지면서 이동했다.

현대 지구의 단위로 보자면 몇 킬로미터 쯤 정도 이동했다고 생각 들었을 무렵, 냉약빙과 냉미려의 기척이 느껴졌다.

목소리도 희미하게 들려오는 걸 보면, 확실히 다 온 모양이었다.

몸을 날려 쉬지 않고 전속력으로 달리자, 이윽고 수많은 사람들을 수용할 만한 크나큰 얼음 공동이 반겼다.

"하아……하아……."

마침 둘이 소강상태였다. 서로를 마주본 채로 경계할 뿐, 누가 먼저 움직여서 섣불리 싸우진 않고 있었다.

"신룡……?"

냉약빙이 진양의 기척을 느끼고 고개를 살짝 기울였다. 왜 여기에 있냐는 얼굴이었다.

"……."

이에 냉미려가 고개만을 살짝 돌려서 확인했다. 진양의 얼굴을 확인하자마자 그 얼굴이 사납게 일그러졌다.

'조금만 더 있었으면…….'

방금 전까지 전세는 냉미려에게 있었다. 당연한 일이다.

같은 화경의 경지에도 수준의 차이가 있다. 냉미려는 전대의 고수 출신답게 경험도 다분하고, 내공의 수위도 깊었다.

일 대 일 승부 자체에는 자신감이 있었다. 쉽게 처리할 수는 없긴 해도 승리 자체는 믿어 의심치 않았다.

그렇지만 그게 진양의 등장으로 인해 모두 산산조각 났다.

"여기에 오시면 안 될 텐데요?"

괜히 무림맹의 고수를 초빙해서 전선에 배치한 게 아니다.

"설명하기가 좀 복잡해서 그런데, 나중에 설명할 수 있는 기회를 주시겠습니까?"

진양은 묻는 말에 쓴웃음을 지으면서 반문했다.

"당신이 여기에 있다는 건 빠져도 문제가 없다는 것이겠지요. 좋아요, 믿어드리죠. 그러지 않으면 곤란하니까요."

눈앞에 남자는 생각 없이 움직이는 남자가 아니었다. 누구보다 냉철하면서 객관적인 판단을 내릴 수 있었다. 그걸 믿었다.

"몸은 좀 어떻습니까?"

"방금 전에 내상을 입혔지."

냉미려가 대신 답해줬다.

그녀는 탐탁치 않아하면서 말을 이었다.

"마침 내상을 입히고 마무리를 하려던 차에 네놈이 왔어. 참으로 안타깝고, 아쉬운 일이야."

냉미려의 목소리에서 차디찬 살의가 느껴졌다.

"사질을 진심으로 죽이실 생각이었습니까?"

기분이 그다지 좋지 못했다.

진양에게 있어 사형제는 피를 나눈 것 이상으로 소중한 가족이다. 아무리 권력이 중요하다고 해도, 가족을 죽이려 했다.

그의 가치관에게 있어서 결코 용서할 수 없는 행위였다.

"북해의 여자들의 자존심은 하늘같이 높아, 고집을 꺾는 것이 어렵다는 것은 네놈도 알고 있을 텐데."

중원을 떠난 지 대략적으로 세 달 정도다.

북해의 땅에 도착해 빙궁에 오기까지만 족히 한 달 정도. 나머지는 이곳 빙궁에서 보냈다.

이 정도 시간이면 북해인들을 파악하고도 남는다. 북해인들 뿐만 아니라 사회현상과 문화까지 잘 알게 됐다.

"이곳에서 죽이지 않는다면 언젠가는 나처럼 분명히 송곳니를 드러낼 터!"

"사고께서 그랬듯이 말이죠."

냉약빙이 여전히 예의 무표정으로 독설로 받아쳤다.

"흥."

냉미려가 코웃음을 쳤다.

"가족의 목숨을 스스로 빼앗아야 정도로 권좌가 그렇게

중요하고, 욕심이 나십니까?"

"중요하네."

냉미려에게서 고민 하나 없는 즉답이 들려왔다.

"지금의 북해에겐 변화가 필요해. 이대로 가다간 역사 속에서 사라질 뿐이니까. 그러니 가만히 있을 수는 없는 걸세. 보아하니 자네도 자세한 사정을 들은 것 같다만 — 이걸 왜 이해하지 못하나?"

"남이 자살하려고 하는데 그걸 동조해 줄 생각은 없습니다."

중원인이라서 말하는 것이 아니다.

북해가 중원을 침공하면 진다. 그건 현실이고 진실이다.

전쟁이란 건 전략, 전술, 고수, 무공 등 다양한 요소가 합해지지만 가장 기본적인 건 역시나 숫자다.

북해빙궁에 아무리 정예가 많고, 다들 무공을 할 줄 안다고 해도 인구가 워낙 적어서야 상대가 되지 않는다.

물론, 그렇게까지 압도적으로 패배한다거나 하는 건 아니다.

그러나 승리할 수 없는 건 부정할 수 없는 사실이었다.

"그러면 자네가 대답해 보게!"

냉미려가 고요하게 불타오르면서 언성을 높였다.

"어떻게 해야 북해가 위기에서 벗어날 수 있겠는가!"

냉미려도 고민을 안 한 건 아니었다. 전력차이를 보고 힘들 것 같아서 차선책을 찾아봤다. 그러나 아무것도 없었다.

현실은 변하지 않았다. 오랫동안 북해의 문제는 가속화하고, 점차 시간이 갈수록 암울해져갔다.

"어쩔 수 없지 않는 일이지 않나!"

냉미려의 목소리가 동굴 전체에 울렸다. 그 목소리에선 어딘가 모르게 슬픔이 느껴지는 것 같았다.

"중원이나 몽고에서 남자들을 노비로 데려와도 한계가 있네. 백을 데려오면 칠십이 빙궁에 도착하기 전에 사망하지."

아무리 외부에서 건강한 남자를 데려와도 문제다. 그것만으로 해결됐으면 북해는 이 정도까지 암울하지 않았다.

북해의 추위는 외부 세력을 막아주는 벽이 되어주지만, 동시에 저주. 대부분이 거기에 말려들어 죽는다.

"당연하지만 거기서 끝나는 것이 아닐세. 그중에서 반절이 생식 능력에 문제가 생겨 임신시킬 수 없게 되네."

냉미려가 어이없다는 듯이 힘없이 웃었다.

또한 여기에서 끝나는 것이 아니었다.

마지막으로 남은 열다섯 명도 완벽하게 정상은 아니었다.

북해의 특성상 남아보단 여아가 태어났으며, 또 극진한 보살핌을 받아도 음기가 워낙 많아 장애가 일어나기도 한다.

그걸 생각해 보면 정상적인 남아가 태어날 확률은 정말로 적다.

"인구가 늘어나도 성별의 불균형은 악화만 되고, 남자들을 관리하다보니 여자들은 불만과 욕구가 늘어나게 되지. 덕분에 새로운 세력을 만드는 데도 그다지 어렵지 않았네."

급진파가 온건파에 비해 비교적 나이 어린 사람들이 많은 건 성질이 급하고 혈기가 많다 따위의 이유가 아니었다.

시간이 갈수록 억눌러지는 성욕과, 남자들에 대한 호기심 등을 참을 수 없어 폭발했기 때문이었다.

심지어 그게 얼마나 심해졌는지, 남의 아비나 아들, 심지어 유부남까지 강제로 범하는 행위까지 번번이 일어났다.

"어차피 멸망할 것이라면…… 차라리 가능성이 적어도 변화에 거는 것이 더 나아. 그렇게 생각하네."

마침 얼마 전에 마교가 멸망했다. 게다가 정파와 사파는 서로의 눈치를 보면서 싸울 일을 기다리고 있었다.

이거야말로 하늘이 내린 기회가 아닌가, 이 틈을 이용하면 하북 정도까지 세력권을 넓힐 수는 있었다.

"후후후, 재미있는 이야기를 해 주마. 아마 네 사부에게 총애를 받던 네년도 모르는 일화일 게다."

냉미려가 음울하게 웃으면서 냉약빙을 쳐다봤다.

"네 사부가 사랑했던 남자에 대해 알고 있느냐?"

"그게 무슨……?"

냉약빙이 답지 않게 당황하는 모습을 보였다. 표정을 보아하니 아무것도 모르는 기색이었다.

"사……랑……이라니, 절 동요하게 만드실 생각이십니까."

냉약빙이 금세 원래대로 되돌아오면서 인상을 썼다.

"북해궁주란 숭고하고 고고해야 할 자리. 또한 북해인을 차별 없이 책임져야 할……."

"하하하!"

냉미려가 뒷짐을 쥐고 시원스레 웃었다. 다만 유쾌함이나 상쾌함이 없는, 명백한 비웃음이었다.

"하기야, 어릴 적부터 소궁주로서 사명감을 품은 채로 고지식하게 살았으니 그럴 만도 하구나."

그 외의 요인도 많았다.

일단 크나큰 요인을 든다면 당연히 무공과 학문이다.

어릴 적부터 냉미상의 눈에 들어온 천재라고 해도, 화경이라는 경지는 쉽게 얻을 수 있는 것이 아니었다.

자연스레 무공에만 신경을 쓰는 것만으로도 힘이 들었다. 게다가 지도자로서 학문까지 두루두루 섭렵하느라 바빴다.

이성에 대한 호기심이 들지 않은 것은 당연했다.

무엇보다 자신의 사부인 냉미상이 남자를 '관리하고 보호해야할 대상'으로 주입식 교육을 하느라 이렇게 됐다.

무엇보다 빙공 특유의 성질 덕이기도 했다. 차가운 감정을 유지할 수 있는 조절력을 빠르게 배웠다. 그래서 사춘기 때도 감정의 통제를 탁월하게 할 수 있었다.

"사랑이란 건 여자에게 극독이나 다름없느니라. 네 사부도 그 독에 당해서 상처를 입고, 마음속에 가두었지."

"……."

냉약빙은 아무 말도 하지 않았다. 다만, 냉미려의 말에서 거짓을 느끼지 않아서 그런지 약간의 흥미를 보였다.

부모나 형제 하나 없던 자신을 친자식처럼 아껴주면서 평생을 함께했던 하나밖에 없는 가족의 사랑 이야기다.

"그 남자의 이름은 알 수 없지만, 우린 마치 운명처럼 그에게 한눈에 빠졌단다. 그리고 이 사랑은 우리를 바꿔버렸지."

냉미려와 냉미상이 아직 가슴이 덜 여물었을 무렵의 이야기다.

당시에 소녀에 불과했던 둘은 사부를 보좌하면서 남자들을 관리하는 법을 열심히 배우고 있었다.

그러던 어느 날, 새로운 남자가 빙궁에 들어왔다.

처음엔 좀 의아해했다. 남자가 한 명이었기 때문이었다.

원래라면 대부분 외부에서 갈 곳 없는 남자들이나, 돈으로 산 노비 출신 남자들을 모아서 한꺼번에 데려와서 그렇다.

"지금 봐도 그렇게까지 매력이 있지는 않았지. 북해의 시골 출신이라서 그런지, 제대로 먹지 않아 피골이 상접한 몰골에 지저분하며 어딘가 모르게 음울해 보이는 얼굴이 었어."

냉미려가 그리운 듯이 두 눈을 지그시 감고 회상에 잠겼다.

"허나 — 눈만큼은 여타 남자들과는 달랐다."

북해의 남자들은 새장 속에 갇힌 새와 같았다.

좀 더 나은 삶을 원했으나, 결국은 날개가 꺾인 새처럼 모든 걸 잃고 포기했다. 어떠한 시도도 하지 않았다.

우울하고, 체념한 기색으로 몇 백 년 동안 이어져온 남자에 대한 취급을 받아들이면서 마치 인형처럼 살아왔다.

그러나 시골에서 온 그 남자만큼은 달랐다.

눈에서 누구보다 살고 싶어 하는 강렬한 의지가 느껴졌다.

식사가 나오면 누가 빼앗는 것도 아닌데 주변을 경계하

면서 먹어치웠고, 기초적인 운동도 빼먹지 않았다.

이미 빙궁에 왔을 때부터 무공이 상당한 자였는지라 제한을 받긴 했지만, 그 눈을 피해서 몰래 시도했다.

성격도 대체적으로 밝았으며, 또 활동적이었다. 북해에서 흔히 볼 수 없는 남자였다.

소녀들은 결국 그 남자에게 빠져버렸고, 당시에 사부에게 들킬 것을 두려워해 신분을 비밀로 하고 그 남자와 몰래 만났다.

당시의 그녀들의 사부도 사랑에 빠지지 말라며 경고하고, 금했다.

남자는 소녀들이 누구인지 꿈에도 모른 채 어울렸다.

"빙궁에서 자랐다고?"

"네!"

"그건 꽤나 답답한 생활이었겠구나. 그럼 이 오라버니가 바깥이 어떤지 이야기해 주마."

소녀들에게 있어서 남자의 이야기는 매력적이었다.

어릴 적부터 차기 지도자로서 여러 교육을 받았으나, 스승의 엄격한 가르침과 비교하면 여러모로 다르고 새로웠다.

무엇보다 아무리 북해 각지에서 일어나는 일을 알고 있는 북해궁주라곤 해도, 시골의 생활이 어떤지는 잘 모른다.

그래서 눈을 반짝이고, 귀를 기울이면서 이야기에 집중했다.

하나도 놓치지 않도록 머릿속에 각인시켰다.

"그다지 대단한 이야기는 아니었네."

북해에서 말하는 시골은 구 할 이상이 어촌밖에 없다. 어업이 아니라면 먹고 살 수 있는 길이 거의 전무하기 때문이다.

그래서 대부분이 어촌 얘기밖에 없었다.

아침에 일어나서 운기조식을 한 뒤, 날씨를 확인하고 무리가 없다면 배를 타고 나가서 그물이나 낚시로 물고기를 잡았다.

당연하지만 주 노동력은 여자였다. 남자들은 집 안에서 아이나 노인을 돌보거나, 혹은 식사를 준비했다.

가끔은 설산을 돌아다니면서 토끼 등의 동물도 잡아왔다. 많지는 않지만 없는 건 아니었고, 운 좋게 멧돼지라도 잡는다면 마을 사람들끼리 잔치를 열었다.

아무런 위기나 소란도 없으며 즐거움과 행복으로만 가득한 일화였다.

"잠깐, 그건……."

진양은 무언가가 이상하다는 걸 눈치챘다.

"……정말로 행복했다면 빙궁에 올 이유 따윈 없었겠지."

냉미려의 눈동자가 음울하게 가라앉았다.

"아니, 애초에 북해의 현실을 조금이라도 알고 있다면 금세 그 이야기에는 모순밖에 없다는 걸 눈치챌 수 있네."

북해는 척박하다. 빙궁이 괜히 낙원으로 불리는 게 아니다.

탄생보다는 죽음의 숫자가 월등히 많다. 대부분의 사인은 동사(凍死)거나 아사(餓死)였다.

역대의 궁주들이 머리를 붙잡고 대대로 고민해왔던 사회 현상이 쉽게 해결될 리가 없었다.

애초에 남자가 처음 왔을 때만 봐도 알 수 있었다. 며칠, 아니 몇 주는 굶은 건 아닐까 싶을 정도로 마른 상태였다. 바깥이 정말로 살기가 좋다면 그렇게 삐쩍 마를 리가 없다.

외부에서 데려온 남자들만 봐도 알 수 있는 사실이다.

이곳에서 남자들에 대한 처우는 바깥보다 더 심하다. 인권은 나락을 보이고 엄격한 통제 속에서 관리된다.

그런데도 나가지 않는 건 바깥과는 비교도 할 수 없을 만큼의 지원이 제공되기 때문이었다.

"바보 같은 남자……."

냉미려의 입가에 쓴웃음이 번졌다.

"정말로 쓸데없는 상냥함……이었지."

그녀들은 혹독하고 엄격한 통제와 교육 아래에서 자라왔다. 아니, 북해의 지도자가 될 사람이라면 누구나 다 그랬다.

그러다보니 희망적이고 이상적인 말을 듣기가 힘들다. 냉혹하고 객관적인 시선부터 기르도록 가르침을 받았다.

스승 역시 예로부터 북해가 얼마나 처참하고 암울한지 강조하여 가르쳤다. 괜한 정에 휩쓸리지 말라며 경고를 받았다.

스승으로서 사랑이 없는 건 아니다. 그러나 그 사랑이 그다지 따뜻하지는 못했고, 서투른 편이었다.

나이를 먹으면서 스승 나름대로 사랑을 베풀었던 걸 깨달았지만, 어렸을 당시에는 아직 깊이 이해할 수는 없었다.

그래서 그런지 남자의 따스한 말 한 마디, 한 마디에 더더욱 빠졌던 걸지도 모른다.

"그 남자의 말…… 사부님께선 믿으셨나요?"

냉약빙이 물었다. 스승의 이야기가 나와서 그런지 그 어조가 약간이나마 부드러워졌다.

"여자에게 사랑이란 건 극독이라고 내 말하지 않았느냐."

한때는 사랑에 눈이 먼 적이 있었다. 그래서 부모이자 하늘이나 마찬가지였던 사부의 가르침에도 반신반의한 적이 있다.

정말로 북해의 바깥은 구제할 수 없는 것일까. 사실은 생각보다 심각하지 않은데 엄하게 교육하려고 그런 건 아닐까.

언제는 한 번 그러한 의문을 제기한 적이 있었다. 그래서 두 사람은 호기심을 참지 못하고 두 눈으로 직접 확인해 봤다.

결과는 두말할 것도 없이 뻔했다. 북해의 현실은 잔혹했고, 남자의 말은 자상함으로 포장된 거짓에 불과했다.

"……."

냉약빙은 냉미려에게 바보같이 그걸 왜 믿었냐고 말하려다가 가까스로 참았다.

만약 말하게 된다면 죽고 이 세상에 없는 전대 북해궁주이자 자신의 스승을 욕보이게 된다.

"그 이후에는 어떻게 됐습니까?"

이번에는 진양이 물었다.

"그날은 참으로 난리도 아니었지……."

북해궁주의 둘밖에 없는 제자들이 말도 없이 무단으로 외출했다. 문제는 호위 하나 붙지 않았다는 점이었다.

당연하게도 당시의 북해빙궁은 보통 난리가 아니었다. 주변을 샅샅이 뒤지면서 두 사람을 찾았다.

혹시나 다음 대 북해궁주 자리를 놓고 납치나 암살이라도 이런 건 아니냐면서 흉흉한 분위기까지 감돌았다.

다행히 냉미려와 냉미상은 얼마 지나지 않아 무사히 돌아오고, 외출한 사정도 알게 되어 무사히 상황이 정리되긴 했다.

그러나 사안이 사안인지라 둘 다 엄히 꾸중을 듣고, 당분간은 감시를 피하지 못한 채로 억압된 생활을 했다.

남자에게 왜 자신들에게 그런 거짓말을 했냐며 묻고 싶었지만, 몰래 만나기가 힘들어서 만날 수 없었다.

그리고 일 년 뒤. 행동의 제약이 어느 정도 풀리자 냉미려와 냉미상은 손을 잡고 남자를 다시 찾아갔다.

허나, 그 남자는 찾아볼 수 없었다.

"그가 죽었습니까?"

"아니, 그랬다면 차라리 마음이 편했을지도 모르겠네."

"그럼……?"

"모습을 감췄어."

남자에게 이름도 묻지 못했다.

그의 앞에만 서면 가슴이 미치듯이 뛰어서, 뇌가 녹아내린 것처럼 멍해져서, 얼굴에 열이 올라서 대화도 힘들었다.

이름을 부르는 것이 어려워서 '오라버님' 이라고 불렀고, 그는 자신들에게 '아가씨' 라고 불러주었다.

결국 이름도 묻지 못한 채, 남자는 신기루처럼 사라졌다.

"나중에 여러모로 수소문해 봤으나 알려진 것이 없더군. 아무래도 좀 별나다보니 친하게 지낸 사람이 없었던 모양일세."

살려는 의지와 더불어 활발한 성격. 북해인 중에서도 남녀노소 보기 힘든 성격이었다. 특이하지 않으면 그게 이상했다.

남자들 틈 사이에서도 별종 취급을 받던 모양. 결국 그에 대해 관심을 가지는 사람이 없어서, 아무도 이름을 몰랐다.

"저에게…… 그런 이야기를 해 주시는 이유가 뭔가요?"

"아직도 이해 못 하겠느냐!"

냉미려가 차가운 노성을 내뱉었다.

"북해의 낙원이라고 해봤자 — 결국은 사랑하는 사람 하나조차 제대로 행복하게 할 수 없는 게 지금의 북해이니라!"

남자는 이름 하나 남기지 않고 사라졌다. 그러나 냉미려와 냉미상에게 그는 여러 가지를 남기고 가버렸다.

'어째서 거짓말을 하셨나요?'

꿈속에서도 몇 번이나 물어봤다. 하지만 답은 없었다.

'아니, 어째서 말도 없이 저를 떠났죠?'

그리고 사랑의 고통과 상실

세월이 지나고 주름이 늘어도 그 감정은 사라지지 않았다.

어릴 적에 고스란히 남은 남자의 얼굴이 아른거려서, 이성을 봐도 특별한 감정이 느껴지지 않았다.

남을 사랑하고 싶어도 사랑할 수 없었고, 시간이 갈수록 그리움과 고통만은 커져갔다.

어쩌면 그 집착이라는 감정 덕분에 지금의 자신이 있을 수 있도록 해줬을지도 모른다.

"낙원이라 알려져 있었거늘, 정작 도착하니 돌아오는 건 자유를 빼앗은 통제밖에 없어 얼마나 마음이 아팠을지 아느냐?"

냉미려의 눈꼬리에서 물방울이 뺨을 타고 흘렀다.

남자가 떠난 이유는 대충이나마 상상할 수 있었다. 배고픔과 추위는 해결했지만, 남자에 대한 취급 때문에 떠난 거겠지.

그래서 혹시 하는 마음으로 남자가 얘기해 줬던 고향 마을을 찾아가서 이 잡듯이 뒤집어봤으나, 당시에는 이미 늦었다.

이상과 현실이 다르다는 걸 증명하듯, 마을은 사람 하나 남지 않은 폐허로 남아있었다.

"네 스승 역시 나보고 미련이라고 하였지만, 결국은 평생 동안 어떠한 사내놈도 안지 않은 채 그렇게 떠나가지 않았느냐!"

북해궁주 정도 자리가 되면 어떠한 남자건 상관없이 안을 수 있었다. 그건 궁주만의 특권이다.

그러나 전대의 북해궁주, 냉미상은 그러지 않았다. 여색가나 무성욕자가 아니냐는 불순한 소문이 있을 정도였다.

"제 사부님을 모욕하지 마십시오!"

냉약빙도 거칠어진 어조로 소리를 버럭 질렀다.

사납게 치켜 올라간 눈썹, 일그러진 얼굴, 눈동자 안에 새겨진 차가운 불꽃, 분노로 가득한 살기는 실로 무시무시했다.

"고작 — 사사로운 정 때문에 이런 일을 벌였습니까!"

냉약빙은 사랑이란 감정을 모른다. 이해하지도 못한다.

"제자에게 아픔을 주지 않으려고 감정을 막았구나!"

천재로서 태어나고, 제자로 들어간 이후부터 소궁주가 됐다. 냉미상의 아래에서 차기 북해궁주가 되기 위해 노력했다.

그리고, 전대의 북해궁주 냉미상은 제자에게 사랑을 가

르쳐 주지 않기 위해서 다방면으로 노력했다.

자신이 어쩌다가 그 따듯함과 사랑에 빠진지 알기에 천재성을 살려서 재빨리 무공 수위를 높이고 감정을 얼렸다.

"남자가 무엇이기에 그 미련을 버리지 못하고, 사질의 권좌까지 노리고 비난받으며 이 난리를…… 신룡?"

냉약빙이 미간을 찌푸린 채로 그의 별호를 조용히 불렀다.

진양이 말하던 도중에 손을 들어서 냉약빙을 막아섰다.

진양은 냉약빙의 말에 대답하는 대신, 몇 걸음 나서며 오랫동안 사랑에 빠져서 빠져나오지 못한 여성과 마주봤다.

"단도직입적으로 묻겠습니다, 냉미려."

"……."

청백색의 눈동자가 남자를 담는다.

"중원의 침공에 성공하여, 조금이라도 북해의 사정이 나아진다면 — 사라졌던 그가 돌아올 것이라고 믿는 겁니까?"

"……그렇네."

냉미려의 사상, 이념, 성격, 목표, 근원. 그 모든 것이 한 남자에 의해서 바뀌어 버렸다. 그게 사랑이고, 집착이었다.

"사랑을 위해서입니까, 아니면 북해를 위해서입니까."

"나에게 있어서 사랑이 첫째요, 북해는 둘째일세. 북해의 지도자로서 자질이 부족한 건 알고 있네. 하지만……."

파츠츳.

주변의 기온이 다시 떨어졌다. 바깥도 아닌데 머리카락이 휘날릴 정도로의 매서운 강풍이 불었다. 도복자락이 흩날리다가 기온에 버티지 못하고 얼어붙는다.

청백색으로 환하게 빛나는 강기가 넘실거리면서 주변의 공간을 가득 채웠다.

"몇 십 년 동안 이어졌던 내 사랑을 기필코 찾을 걸세. 그가 행복할 수 있도록 돌아올 장소를 만들 걸세."

"시간이 너무 지났습니다. 이미 예전에 죽었을지도 모릅니다."

진양도 대해와 같은 내기를 끌어 올리면서 자세를 취했다.

"이 두 눈으로 시체를 보기 전까진 넘어갈 생각 없네."

냉미려가 언제든지 쏘아져 나갈 준비를 했다.

"집착입니다."

진양이 왼손은 주먹을, 오른손은 손바닥을 펼쳤다.

"사랑에 빠지면, 자네도 이해하게 될 걸세."

진양과 냉미려의 눈이 마주쳤다.

"압니다."

머릿속에서 그동안 함께 했던 소중한 사람들이 떠올랐다.

만약 그들이 사라지게 된다면 자신도 무엇이든 할 것이다.

함께할 장소에 사랑하는 사람이 없다면, 무슨 소용이겠나.

"신룡, 한가하게 대화를 나눌 때가—."

"입 닥치시오, 소궁주."

진양이 어느 때보다 진지한 얼굴로 말했다.

"분위기 파악했으면 닥치고 구경이나 하시오."

콰드드득!

"무당파의 사대제자, 무당신룡 진양!"

진양의 도복자락이 펄럭였다.

"그 신념에 경의를 표하며 — 전력을 다하겠습니다!"

第四章

빙백신장(氷白神掌)

화경의 고수가 격돌했다.

쿠와아앙—!

손바닥과 손바닥이 부딪치면서 충격파를 형성했다. 강기가 서로를 먹어치우려고 마구 날뛰었다.

그 충격파가 어찌나 강했던지, 만년빙동 전체가 지진이라도 일어난 듯 흔들릴 정도였다.

'빙백신장!'

저번에 냉약빙을 통해서 접한 적 있었지만, 어디까지나 눈으로 보고 몸으로 느낀 정도였다.

이렇게 직접적으로 부딪치면서 싸운 적은 없었다.

'이리도 심후한 공력이라니!'

진양도 냉미려도 최초로 부딪치자 놀라워했다.

'아니, 이상한 건 아니지.'

냉미려는 그래도 한때 소궁주였던 사람이다. 분명히 갖가지 지원을 받으면서 살아왔을 것이 분명했다.

중원 무림의 후기지수들처럼 영약을 먹고 자랐을 터. 거기에 나이도 제법 있으니 이 정도 양은 이상하지 않았다.

'이렇게 어린데 어찌……!'

나름대로 수긍하는 진양과 달리 냉미려의 경악은 상상 이상이었다.

얼마 전에 정찰전 때도 그렇고 어린 나이에 화경에 오른 걸 보고 내공이 보통이 아니라는 것은 짐작하고 있었다.

그러나 어디까지나 추측한 것뿐. 이렇게 직접 부딪쳐보니 생각이 바뀌었다.

무당신룡이라는 신진 고수가 지닌 내력은 상식 자체를 송두리째 박살낼 정도였다.

'여기서 기필코 죽여야 한다!'

마음 깊숙한 곳에서부터 경각심이 우러나왔다.

아직 서른도 되지 않은 청년이거늘, 어찌 벌써부터 이러한 대해와 같은 공력을 낼 수 있는가!

이대로 가만히 둔다면 추후 무림육존에 버금되는 절대고

수로 성장하게 될 것이다.

냉미려는 진양이 무림 정복에 최대의 난적이 될 것이라고 믿어 의심치 않았다.

"무당일장이 괴물을 길러냈구나……!"

냉미려가 자기도 모르게 생각을 입 바깥으로 꺼냈다.

"장문인께선 나의 스승이 아니오."

진양이 냉미려에게 바싹 밀착하면서 어깨로 몸통 박치기를 날렸다. 태극권의 초식 중 하나인 칠촌고다.

"태극권?"

냉미려가 당황하면서 칠촌고를 피해냈다.

"내 그것도 모를 줄 알았느냐?"

비록 북해가 중원과 떨어져 있고, 전쟁을 하지 않은지도 오래나 중원에 대학 무학의 연구는 계속되고 있다.

무엇보다 냉미려처럼 소궁주 출신인 자는 중원으로도 강호출두하여 경험을 쌓고 온다.

구파일방에 대한 무학의 유명한 것들은 소싯적에 몇 번 경험한 적 있었다.

그중 남존무당인 태극권은 워낙 유명하기도 하고, 타 세력에서 온 자들에게 보여주기 용으로 보이기도 한다.

무엇보다 무당의 권법과 장법의 기초가 태극권에서부터 시작하다보니, 모를 수가 없었다.

다만 그런 기초적인 무공을 화경의 고수인 자신에게 쓰니, 냉미려의 입장에선 황당할 따름이었다.

'나를 무시하는 건가?'

냉미려는 혹시 하는 마음으로 반격하지 않은 채 피하는 데만 집중했다. 진양의 의도를 파악하기 위함이었다.

주먹에 강기를 실은 것을 제외하곤 별반 특징 없는 태극권이었다. 대부분 초식을 알고 있었다.

다만 화경의 고수가 펼치다보니 그에 실린 위력이 상상을 초월했지만, 기초적인 걸 알고 있어서 쉽게 피했다.

'그런가. 정찰이구나.'

그리고 몇 차례 권격을 받아 내거나 피했을까, 냉미려는 진양의 의도를 가까스로 파악할 수 있었다.

상대의 시력을 가늠하기 위한 것이라고 깨달았을 때, 냉미려의 얼음이나 다름없던 표정에 안도감이 묻어났다.

하지만 그 안도와 안심이 틈이 될 줄은, 냉미려는 감히 상상하지도 못했다.

'단경.'

태극권이 변화를 이룬다. 한없이 부드럽고 유려했던 주먹이 경로를 바꾼다.

"뭔……!"

냉미려가 그 변화를 눈치챘다. 그러나 몸이 제대로 반응해 주지 못했다.

분명히 태극권이었던 초식이 도중에 툭 끊기기라도 한 듯 잘라지면서 성질을 바꿨다.

'도중에 기의 흐름을 강제로 끊어버렸다고……?'

물론 아예 불가능한 것은 아니지만, 그건 상황에 좀 다르다.

아무리 기초적인 태극권이라고 해도, 정해진 초식에 따라서 움직이지 않으면 기의 순환이 망가져 내상을 입게 된다.

괜히 무공에서 초식에 따라 움직이라는 것이 아니다. 그것이 상식이고 근간이기 때문이었다.

물론 말했다시피 태극권이기에 그 반동이 그다지 큰 건 아니다. 내상을 입어도 피도 안 흘릴 정도니까.

그러나 진양은 지금 일반적인 흐름이 아니라, 무려 강기까지 사용하면서 태극권을 펼치고 있었다.

당연히 도중에 초식을 끊는다면 최악으로 기혈이 역류하는 등 주화입마까지 이르게 될 수도 있다.

그러나 진양이 그 행위를 눈썹 하나 까닥하지 않고 아무렇지 않게 했으니 놀라울 수밖에 없었다.

'십단금!'

거기에다가 권법에서 장법으로 재빠르게 전환됐다.

태극권을 잇던 주먹이 손바닥으로 변하고, 분경의 묘리를 섞은 무당파의 절기가 날아와 냉미려를 후려쳤다.

"크읏—!"

냉미려는 재빨리 호신강기를 펼쳐서 십단금을 막아냈다. 다행히 아슬아슬한 차이로 막아낼 수는 있었다.

그러나 예상하지 못했던 공격에 갑작스레 펼쳤기에 약간의 내상을 입었다.

무엇보다 내공의 소비가 극심한 호신강기라서, 막는 것까진 좋았지만 손해가 이만저만이 아니었다.

"대체……?"

냉미려가 의아하다는 눈으로 진양을 쳐다봤다. '당했다!' 라는 기분보단 무공에 대한 의구심이 더욱 컸다.

"무극권(無極拳)의 단경(斷勁)이라는 거요."

"무극권……?"

냉미려는 그러한 무공이 있냐는 표정을 지었다.

"아마 잘 모르실 겁니다. 그래도 본문의 무공이니 그리 이상하게 여기지는 마십시오."

진양이 쓰게 웃으면서 답해줬다.

냉미려가 무극권을 모르는 건 딱히 이상한 것이 아니다.

애초에 무당파 제자 중에서 권법을 연공한 자가 적은 편이다. 장법도 마찬가지이긴 하지만, 현 장문인이자 무림육존인 선극 덕에 권법보단 사정이 좀 나은 편이었다.

그에 비해서 권법은 여전히 익히려는 자는 지금도, 예전에도 없으니 반대로 안다면 그거야말로 이상한 일이다.

새외에서 손님이 오거나, 혹은 비무를 하게 된다면 대부분 장기를 보여주지 이런 걸 보여주지는 않는다.

냉미려가 아는 무당파의 무공도 대부분 태극권처럼 아주 기초적인 것이나 자랑하는 검법, 그리고 무당일장의 장법 정도였다. 그 외에는 잘 모른다.

"전력을 다하겠다는 뜻입니다."

그동안 무극권의 단경은 웬만하면 쓰지 않는 편이었다.

이는 대부분 단경을 보여주지 않고 권법이나 장법으로 해결할 수 있어서 그렇기도 했지만, 다른 이유도 있었다.

나름대로 비장의 한 수로 숨겨두었기 때문이다.

단경이란 건 상황에 따라서 굉장한 무기가 된다.

상황에 따라서 적의 초식에 개입하여 강제적으로 끊어버리는 것도 굉장한 위력을 보인다. 또는 이번처럼 반복적인 걸 보여주다 방심하게 한 뒤 기의 흐름을 끊어버려서 기세를 바꿔 십단금으로 일격을 가할 수도 있었다.

"항삼비중일묘(恒三祕中一墓)."

냉미려가 중얼거렸다.

"강호지사들이 말하거늘, 평소에 삼 할의 힘을 감추고

그중 일 할은 무덤까지 들고 가라 하였다…….”

진양이 풀이를 하였다.

“허어.”

냉미려가 순수하게 감탄하면서 자세를 추슬렀다.

“내 그대에 대해서 나름대로 조사도 해보았으나, 방금 전에 보여준 것에 대해선 들어본 적이 없네.”

“이걸 펼친 적이 없었던 것은 아니나, 사용횟수도 몇 없었고 십단금과 양의신공에 의해서 묻혀서 그렇습니다.”

당대 최고의 영웅이라 칭송받는 무당신룡이다.

서른도 되지 않은 나이에 화경에 이르렀으니, 당연히 그가 도대체 어떤 무공을 익히고 있는지 궁금해 했다.

제일 알려진 건 역시나 양의신공이다. 무당파의 삼대신공인 덕분에 제일 주목을 받았다.

그 다음으론 십단금이 있었다.

예전에는 알려진 것이 별로 없었지만, 진양이 본격적으로 유명해진 이후론 많이 알려지게 됐다.

부드러운 성질로 유명한 무당파의 무공 중에서 거의 유일하다시피 패도적이다보니 단연 눈에 띌 수밖에 없었다.

그래도 하나같이 상승의 절기이다보니 대부분의 시선은 그쪽으로 갔다. 또 진양이 그만큼 자주 쓰고 말이다.

그러나 무극권은 절기라 부를 만큼 대단한 것도 아니다

보니, 대부분 태극권이나 면장처럼 기초적인 것에 묶였다.

"하오면 공동대전에서 천마와의 싸움에서도 숨겨왔던 건데, 아직 어린데도 그러한 심기를 지니다니!"

냉미려는 다시 한 번 경각심을 일깨웠다.

구파일방이라는 대문파에서 자라, 비록 그 스승이 무도를 걷는 자가 아니더라도 보통은 오만방자해지기 마련이다.

또한 무공이 제법 강하면 그걸 자랑하고 싶어 하기 마련인 자가 후기지수에도 수두룩했다.

아니, 설사 후기지수가 아니라 나이가 먹은 자라고 해도 그런 자는 생각보다 많다.

그런데 자랑은커녕, 팔존을 칠존으로 만들었던 마신(魔神) 천마 앞에서도 비장의 수를 숨겨두었다.

냉미려는 깊으면서도 치밀한 심계에 감탄을 금치 못했다.

'아니, 딱히 숨기려거나 한 건 아니었지만…….'

냉미려의 말을 들은 진양이 속으로 쓰게 웃었다.

천마에게 단경을 쓰지 않았던 게 아니다. 못 쓴 거다.

무극권의 단경이 대단하지만 무적도 만능도 아니었다.

'천마가 그런 거에 걸릴 것 같아?'

애초에 그 난전 속에서 방금 전처럼 허초를 보일 수가 없었고, 또 걸릴 확률도 지극히 낮았다.

방금 전처럼 자신에게 단경을 걸어 흐름을 끊고, 도중에 비틀어 회심의 일격을 노려도 막을 게 분명했다.

아니, 그전에 천마를 대상으로 정찰전이라니. 그건 미친 짓이다. 태극권을 펼쳤다간 정말로 골로 간다.

게다가 반대로 천마에게 거는 것도 할 수 없었다.

천마의 초식 사이의 기의 흐름에 개입하는 것조차가 불가능하다. 그대로 휘말려서 어떻게 될지 모른다.

최악의 사태를 보면 마기를 흡입하게 되어 뇌가 마성으로 물들어 주화입마에 빠질지도 모르는 일이었다.

어쨌거나 냉미려는 그래도 경지가 비슷한 화경이니 할 수 있는 것이지 그 이상의 고수들에겐 할 수 없었다.

이것도 경지가 엇비슷하거나 아래인 사람들에게나 할 수 있는 수법이다.

"추후 북해를 위해서라도 내 기필코 자네를 여기에서 죽여야겠네!"

냉미려가 일장을 날렸다. 손바닥에서 장풍이 뿜어져 나왔다. 일반적인 장풍과는 달랐다. 눈보라가 불었다.

"크!"

진양도 공동대전 이후로 위기를 느끼고 있었다. 유령곡도 보통이 아니었지만 냉미려도 상당했다.

냉약빙이 화경의 경지에서 중상 정도 된다면, 냉미려는 상중(上中)이 틀림없었다.

대기까지 얼어붙게 만드는 빙한기는 장난이 아니었다.

한추설의 보검을 보듯, 그 위력에 온몸이 떨렸다.

'춥다……!'

한서불침이라고 무조건 추위를 막는 건 아니다. 당연하게도 한계가 존재했다.

예를 들어서 인공빙정이나 보검에서 나오는 한기나, 방금 전처럼 빙백신장에서 나오는 힘에는 영향이 갔다.

바람에 휘날려 부드럽게 펄럭이던 도복자락이 딱딱하게 얼어붙었고, 툭 건드리면 깨질 것 같이 변해버렸다.

묵을 머금은 듯했던 흑발도 새하얀 서리가 쌓아, 노화한 것처럼 머리 곳곳이 백색으로 변했다.

'과연, 빙백신장……!'

정말로 괜히 이대신공이 아니었다. 어마어마한 위력이었다.

"이 얼마나……."

진양이 중얼거렸다. 그러나 얼굴을 보아하니 뭔가가 이상하다. 어딘가 모르게 감정이 잔뜩 격양된 기색이었다.

"시원한가!"

최근 따라 무학에 대해서 재미가 들렸다.

공동산에서 있었던 천마와의 결전은 자신에게 여러모로 다양한 영향을 끼쳤다.

팔존이라는 이름을 무색하게 만들었던 강함과 상식에서 벗어난 그 힘 자체는 아직까지도 잊혀 지지 않았다.

그리고 그 충격적이었던 광경이 머릿속에 고스란히 남았고, 이상하게도 가슴 속 무언가에 불을 붙였다.

이후 무림맹에서부터 권왕과 동행하고 화경을 벗어났던 경지의 '무언가'를 접하게 됐다.

하지만 그 다음부터는 시시콜콜한 것뿐이었다.

그게 나쁘다는 건 아니다. 목숨에 위기가 없는 것은 원하는 바였다. 예전에는 차라리 평화만 지속됐으면 했다.

무인으로서 투쟁심이라는 것이 있긴 했으나, 가슴을 차지하는 그 감정의 크기는 그다지 대단하지 않았다.

'지금은 아니다!'

더 이상은 무얼 아낄 필요가 없다!

전력을 낼 수 있다!

"냉미려!"

눈앞에 상대의 이름을 고마운 마음에 크게 불렀다. 진연이 이 자리에 있었다면 질투했을지도 모르는 일이었다.

진양이 살아오면서 누구의 이름을 이렇게 호의 있게, 그리고 뜨겁게 부른 적은 단 한 번도 없었다.

"하압!"

몸이 활처럼 휘었다가 튀어져나갔다. 탄력을 이용한 최상승의 경신법 중 하나, 궁신탄영(弓身彈影)이다.

눈 깜짝할 사이에 거리를 좁히고, 오른쪽 손바닥에 강기를 실어서 패도적인 기세로 장법을 날렸다. 십단금이다.

"큭!"

냉미려가 어림없다는 듯이 빙백신장으로 응수했다.

손바닥과 손바닥이 부딪치면서 폭발을 일으켰다. 고막이 찢어질 정도로 폭음이 터지면서 충격파가 울렸다.

서로의 손에 실린 공력은 엇비슷했다. 어디도 밀리지 않은 채, 격렬한 힘 싸움을 유지하면서 버텼다.

빙백신장이 얼어붙게 만들려고 하면, 십단금이 분경으로 열 개로 쪼개버려서 그 힘을 분산시켰다.

반대로 십단금이 침투하여 내장조각을 갈기갈기 찢기려고 내상을 입히려고 할 때, 도중에 얼어붙어서 사라졌다.

"흡!"

공력 대결 중에서 한눈을 파는 건 금물이다. 원래는 한 곳에만 집중해야 한다. 그렇지 않으면 밀린다.

하지만 양의신공 덕에 그럴 필요가 없었다. 오른손이 하는 일을 왼손도 할 수 있었다. 주먹을 쥐고 권강을 날렸다.

"어딜!"

무극권이라면 모를까 양의신공의 특성은 나름대로 유의하고 있었다. 그래서 대충이나마 이 일격을 예상했다.

냉미려는 화려한 몸놀림을 보이며 뒷걸음질 쳤다. 권강이 아슬아슬하게 스치고 지나는 것이 눈에 밟혔다.

게다가 피하기만 한 것만이 아니었다. 급습을 회피한 것도 모자라서 반격까지 가했다.

뒷걸음질한 채로 손바닥을 뻗어 장풍을 쏘아냈다.

"후우!"

정면에서 장풍을 피하기에는 이미 늦었다. 맞받아치기에도 좀 늦었다. 거리가 워낙 가까워 충격파가 심하다.

그래서 별 수 없이 양팔을 교차하고, 다리를 꼿꼿이 세워서 방어에 힘썼다.

주르륵!

바람에 몸이 미끄러지듯이 뒤로 물러났다.

"빙정을 넘길 수는 없네!"

고개를 들어보니 냉미려가 문자 그대로 날아왔다. 미사일이라고 발사한 것 같다고 생각됐다.

냉미려가 팔을 쭉 뻗었다. 빙백신장이 덮쳐온다. 진양은 침착하게 태극권의 유의 성질로 응수하여 공격을 흘렸다.

태극권의 수세식(守勢式)은 방어가 아니다. 부드러운 성질을 이용해서 흘리는 것이었다.

그러나 일격을 흘리는 것으로 끝나지는 않았다.

파바바밧!

냉미려가 연달아 장격(掌擊)을 날려 왔다. 마치 비라도 쏟아져 내리는 듯이 정신없을 정도로 많은 공격이었다.

보통이 아닌 건 진양도 마찬가지였다. 정신을 최대로 집중하고, 공격에 집중해서 하나도 빠짐없이 흘렸다.

쐐애애액—!

'아래!'

가끔씩, 초식이 끝나면 매서운 무릎차기가 날아왔다.

장법의 고수라고 정말로 장법만 사용하는 건 아니다. 상황에 따라서 이렇게 권각술을 섞어서 쓰기도 했다.

"날 방해하지 말게!"

어조는 여전히 점잖고 예의바른 편이었다. 허나 거기에 실린 감정은 그러지 못했다.

칼날처럼 매서우면서도 폭풍처럼 거세다. 부모의 목숨을 앗아간 원수를 만난 것처럼, 그 분노와 증오도 거대했다.

"부디 날 가만히 놔두란 말일세!"

눈이 내렸다.

분명히 동굴 안일지언데, 이상하게도 눈이 내렸다.

동공 앞에 눈의 결정이 자세하게 보였다. 전생이었던 지구에 있던 과학책에서나 봤을 법한 모양이었다.

시간이 느릿느릿 하게 흘러갔다. 결정으로 된 눈이 차근차근 떨어지면서 가려졌던 시야가 원래의 자리를 찾았다.

그곳에는 눈물을 흘리는 아름다운 여인이 있었다.

청백색으로 된 머리칼을 휘날리면서, 많아봤자 이십 대밖에 되지 않는 고고하고 냉혹한 인상의 미녀였다.

그러나 아름다운 동시에 너무나도 슬퍼보였다. 당장이라도 툭 건드리면 어린아이처럼 엉엉 울 것 같아서.

그래서, 그게 너무 가엾고 딱하고 마음이 아팠다.

여인이 오른손을 뻗었다. 소매 자락이 펄럭이면서, 그 안에 숨겨둔 고사리처럼 가냘픈 손목이 보였다.

파아아앗!

일장을 막으려고 했다. 강기를 실어서 십단금으로 응수했다. 그러나 어떻게 된 영문인지 실패해버렸다.

환상 속에 갇히기라도 한 것일까, 아니면 꿈인 걸까.

말로는 설명할 수 없다. 생각으로도 이해가 가지 않는다. 그저 당연하듯이, 놓쳐버리며 공격을 허용했다.

그래도 다행인 건 손이 아슬아슬하게 뺨을 스치고 지나간 것. 이윽고 뺨에서 화끈한 통증이 느껴졌다.

빙백신장에 당했다면 동상에 걸려 감각을 느끼지 못하는 것이 정상일 텐데, 이상하게도 뜨겁고 아파왔다.

'왜?'

하아하아.

누군가가 숨을 거칠게 쉬었다. 자신이 아니다. 눈물을 흘리면서 열심히 몸을 움직이는 여인이었다.

바늘로 쿡 찔러도 피 한 방울 나오지 않을 것 같았다. 전형적인 패왕의 지도자 군상이다.

하지만, 어째서인지 너무나도 슬퍼하고 있었다. 아파하고 있었다. 첫사랑에게 차인 소녀와 같은 얼굴이었다.

"그 사람을 만나고 싶어요!"

쿠와아앙—!

"커허억!"

복부에서 화끈한 통증이 느껴졌다. 안에서부터 무언가가 올라오는 느낌이 들더니, 토혈을 내뱉게 됐다.

눈은 부릅떠지고 온 몸은 찌릿찌릿 떨려왔다. 실로 오랜만의 고통에 정신이 아득해지는 기분이었다.

정신을 차리니, 세상 그 어떠한 것보다 강렬한 눈동자를 담은 여인이 있었다.

비록 표정만큼은 모든 게 무너지는 듯했으나, 청백색으로 활활 타오르는 눈만큼은 전혀 달랐다.

'죽는다!'

땡땡땡.

머릿속에서 경고종이 울렸다. 새빨간 색으로 빛났다.

진양은 통증을 무시하고, 정면을 향해서 장풍을 전력으로 쏘아내서 여인을 그대로 밀어서 거리를 벌렸다.

"뭐가 나빠요!"

여인은 어린아이처럼 울었다.

사랑에 빠진 철없는 여자아이처럼 어리광을 부렸다.

가슴을 쥐어뜯듯이 잡은 채, 소리를 질렀다.

"그 사람이 돌아오길 바라는 것뿐인데, 뭐가 나빠요!"

눈을 감으면 그 얼굴이 아직도 떠오른다.

"그를 다시 볼 수만 있다면, 뭐든지 하겠어!"

눈을 감으면 그 향기가 아직도 맡아진다.

"북해가 살기 힘들면, 살기 좋도록 바꾸겠어!"

눈을 감으면 그 목소리가 아직도 들린다.

"남자라고 무시한다면, 무시 받지 않게 하겠어!"

사랑이란 건 때때로 사람을 미치게 만든다.

"배가 고프다면, 그러지 않게 바꿀 거야!"

남자건 여자건, 그건 변하지 않는다.

"그래요, 나쁘다는 거 알고 있어요. 이게 이기적인 거에 불과하다는 것도 알고 있어요. 고작 그 사람 하나 때문에 북해인들을 희생시키는 게 나쁘다는 것도, 알아요!"

그건 개개인의 사정일 뿐이다.

이대로 중원을 침공하면 진다. 여인도 그걸 안다. 모를 리가 없다. 그저 아집일 뿐이었다. 헛된 희망일 뿐이었다.

어쩌면 이미 이 세상에 없을지도 모르는 일이다.

하지만 역시 믿고 싶지 않았다.

"알면서, 왜 그러십니까?"

입가에 피를 닦으면서, 정면을 똑바로 쳐다봤다.

울고있는 어린아이, 소녀, 여인과 눈을 마주친다.

"사랑하니까!"

그 물음에 냉미려가 답했다.

"다시 한 번 만나고 싶으니까……!"

몇 십 년 동안, 변하지 않았던 마음을 관철한다.

"압니다, 그 기분."

진양은 냉미려를 이해한다.

무당파의 식구들을 비롯하여, 소중한 사람들을 지킬 수 만 있다면 뭐든지 할 수 있었다. 명예도 돈도 필요 없었다.

심지어 절세무공이 쥐어진다고 하여도 사양이다.

눈앞에서 그 소중한 사람이 사라졌다면,

죽은 걸 확인하지 않았다면,

어떻게든 찾아낼 것이다.

"이해한다면 왜! 어째서 제 앞을 막으시는 건가요?"

"저 역시 마찬가지니까, 막을 수밖에 없는 겁니다."

진양이 부드럽게 웃으면서 답했다.

"저 역시 지켜야 할 사람들이 있습니다. 만나야 할 사람들이 있습니다. 그러려면 북해의 힘이 필요해요."

그 누구도 죽게 만들고 싶지 않았다.

그게 얼마나 철없는 생각인지는 알고 있다.

그러나 과거에 자신을 가르쳐줬던 무룡관의 사범님처럼 잃고 싶지 않았다.

슬프고, 괴롭고, 싫은 일이니까. 상실하고 싶지 않으니까.

그래서 되도록 전쟁의 피해를 최소화하고 싶었다.

"그것이 제가 북해에 온 이유고, 당신의 사질을 도운 이유입니다. 그 이상 그 이하도 아닙니다."

"무당신룡—!"

"그러니까."

하단전 — 아니, 몸 곳곳의 내력이란 내력은 모조리 끌어모았다. 눈물을 흘리며 날아오는 냉미려를 쳐다봤다.

"당신의 마음에 진지하게 대답해보겠습니다."

얼마나 그 남자를 사랑하는지

그리고 얼마나 그리워했고, 고통 받고, 슬퍼했는지

오직 사랑하는 사람을 위해서 얼마나 노력했는지

"거기서 비키란 말이야아아아아앗—!"

냉미려가 외쳤다. 눈물을 흘리면서 소리쳤다.

머릿속에서 추억들이 빠져나와서 떠올랐다.

"우오오오오오오오옷!"

처음에 대화했던 추억, 머리를 쓰다듬었던 그의 손길, 웃으면서 대화한 일, 사매와 남자를 두고 싸운 일, 북해의 진실을 확인하고 고뇌한 일, 남자를 보지 못해서 그리워한 일, 그리고 남자가 북해를 떠난 걸 알고 절규한 일.

사랑이란 걸 알고, 잊을 수 없게 되고, 사매와 연을 끊어버리고, 몇 십 년 동안 숨죽여서 기회를 노리고 내전까지 일으켜서 눈앞까지 왔다. 마지막까지 왔다.

'빙백신장!'

'십단금!'

강기와 강기가 충돌했다.

이념과 이념이 충돌했다.

각자의 이상이 충돌했다.

그다지 좋지 못한 이념이다. 대의는 없다. 어딜 봐도 이기적인, 소의일 뿐인 마음이었다. 대단한 건 아니었다.

중원이나 북해를 건 평화나 이득을 위해서도 아니다.

쿠와아아아아앙—!

여태껏 없었던 폭발이 일어났다. 양측 다 전력을 다한 강기가 부딪치고 서로 없애려고 힘을 내니 실로 대단했다.

멀리서 냉약빙의 비명소리가 들려왔다.

눈으로 된 폭풍우가 빙동 내부를 가득 채우고, 이윽고 코앞까지 보이지 않도록 시야를 가려버렸다.

'그를 한 번이라도 만날 수 있다면…….'

그것뿐.

그것뿐인 이야기다.

第五章

사모상봉(思慕相逢)

“와아아아아!”

함성이 끊이지 않았다. 빙궁, 아니 북해 곳곳으로 울려 퍼질 정도였다. 그만큼 크고 시끄러운 함성이었다.

만년빙동에서 일어났던 결전이 전해졌다.

승리한 건 무당신룡 — 즉, 소궁주의 승리였다.

온건파와 급진파의 격렬했던 싸움도 이 소식이 전해진 뒤로 점차 얌전해지기 시작하더니만, 끝내 멈추었다.

냉미려가 패배했다면 사실상 끝난 것이나 마찬가지였다.

급진파는 처음에 이 소식을 듣고 믿지 않았다. 사기를 떨어뜨리기 위한 수작이라고 생각했다.

그러나 이윽고 설귀단이 정신을 잃은 냉미려를 데리고 나온 진양을 보고, 증언을 하자 결국 그들도 체념했다.

급진파의 패배, 온건파의 승리였다.

"하하하하!"

"우리가, 우리가 해냈다고!"

북해의 남자들은 승전 소식에 서로 얼싸안고 기뻐했다.

직접적으로 급진파의 무인들을 쓰러뜨린 건 아니었으나, 훌륭한 인간 방패가 되어서 전장의 판도를 뒤집어버렸다.

그들에게는 평소처럼 여자에게 도움을 받지 않고, 스스로 일어나서 무언가를 해냈다는 것에 의의를 두었다.

"남자들 좀 봐, 못 말리겠는데."

온건파의 여무사들이 쓴웃음을 지으며 그 광경을 지켜봤다.

"왜, 그래도 멋지잖아."

"맞아, 솔직히 남자들 다시 봤어."

그리고 실제로 그들은 여성 무리에게 인정을 받았다.

그동안 남자들이 무시와 차별을 받았던 건, 약자라는 입장이기도 했지만 아무것도 하지 않았기 때문이다.

하지만 이번 일로 약간이나마 인식이 바뀌었다.

"으으으……이제, 돌아갈 수 있는 겁니까?"

언기욱이 덜덜 떨면서 물었다. 콧물이 얼어붙어서 몰골이 말도 아니었다. 눈썹에 하얀 서리까지 맺혔다.

"그, 그, 그래!"

송유한이 마찬가지로 덜덜 떨면서 답했다.

딱딱딱!

턱 뼈가 부딪치면서 요란한 소리가 났다. 무림맹 사절단 모두가 추위에 떨어서 소리가 끊이지 않았다.

"으으으, 대협의 곁에서 있을 수 없었다니!"

파후달이 따라가지 못한 걸 무척 아쉬워했다.

"공자님께서 빠르게 끝내 주셔서 참으로 다행이었어요. 허세를 좀 부려서 따라오긴 했지만, 역시 힘드네요."

백리선혜도 추위에 몸을 떨어대면서 안도했다.

기세는 좋지만 어디까지나 기세일 뿐이었다. 중원인인 그들에게 북해의 추위는 너무나도 벅차다.

"이걸로 드디어 중원에 돌아갈 수 있겠네요."

북해에서 도대체 얼마나 지냈는지 모르겠다. 아니, 세기도 싫었다. 그만큼 북해에서의 일은 지긋지긋했다.

이제 남은 일이라곤 소궁주인 냉약빙과 적당히 대화한 뒤, 다시 중원으로 돌아가는 일이었다.

"송 대협!"

"아까 절 구해주셨죠?"

"이리와요, 제가 잘 해드릴게요!"

꺄아아아!

싸움이 끝난 지 얼마 되지도 않았는데, 상태가 비교적 멀쩡한 북해의 여인들이 무림맹 사절단에게 달려들려 했다.

그러자 송유한을 비롯한 사절단원들의 안색이 새파랗게 질렸다.

"으악!"

"시, 실례가 되는 건 알겠지만 먼저 가보겠소! 대협께 부디 안부 좀 전해주시기 바라오!"

무림맹 사절단이 비명을 지르면서 꽁지 빠지게 도망쳤다.

"……하아아아!"

풍정국이 숨을 깊게 들이 쉬었다가 내뱉었다. 북해의 공기가 오늘만큼 맑았던 적이 있었나 하고 생각했다.

"고생하셨습니다, 풍 대협."

옥주결이 다가와 말했다.

"대협이라니, 과하십니다."

풍정국이 당황하면서 손사래를 쳤다. 그 반응에 옥주결은 머리를 좌우로 흔들면서 씨익 웃었다.

"그렇게 겸손 떨 필요 없으십니다. 풍 대협의 연설이 아니었다면 누구도 움직이지 않았을 겁니다."

"그 말대로요."

"맞소. 자신감을 가지십시오!"

짝짝짝

여기저기서 칭찬과 함께 박수소리가 우레와 같이 쏟아졌다. 이렇게 주목을 받았던 적 없던 풍정국은 그 칭찬에 부끄러워하면서 얼굴을 붉혔다. 남자 주제에 정말 예뻤다.

"그나저나, 역시나 진 대인이십니다. 그 냉미려를 이길 줄은 상상도 하지 못했군요."

풍정국이 부끄러움을 돌리기 위해서인지, 얼른 말을 돌렸다.

"확실히 그 말대로입니다. 저도 설마 했는데, 정말로 이길 줄은 몰랐습니다."

북해의 천하제일고수를 꼽으라하자면 대부분은 냉미려나 한추설의 이름을 꺼낼 것이다.

냉미려는 빙백신공을 연공하기도 했고, 또 냉약빙이나 한추설보다 강호의 선배로서 경험도 많고 내공도 많았다.

화경의 경지에도 수준과 차이가 있고, 냉미려가 오래전에 화경에 올랐으니 당연히 제일 강하다는 인식이 있었다.

심지어 진양을 광적이라 할 정도로 몹시 존경하고 따르고 있던 풍정국이나 옥주결도 승패의 결과를 의심했었다.

무당신룡이 대단하다곤 해도 아직 화경에 오른 지 십 년도 되지 않은 청년이 아닌가. 천재라도 경험은 무시할 수 없다.

하지만 그걸 보기 좋게 비웃기라도 하듯이 이겨버렸으니, 정말로 여러모로 경악을 금치 못할 정도로 놀라웠다.

"어쩌면 가까운 시일 내로 무림육존에서 무림칠존으로 불릴지도 모르겠습니다, 하하하!"

절대고수의 경지에 논할 정도로, 냉미려에게 이겼다는 건 그만큼 굉장하다는 뜻이었다.

*　　　*　　　*

냉약빙은 확실히 지도자로서 우수했다. 정통성만으로 차기 북해궁주로 추대 받는 것이 아니라는 듯, 유능한 면모를 보여주면서 내전을 빠르게 정리했다.

냉미려는 죽지 않았다. 만년빙동에서의 결전에서 진양에게 패배했지만, 경상으로 끝난 채 기절했다.

이는 진양이 손속을 봐준 것이 아니라, 최대한 공격을 최소화시킨 덕분이었다.

이후 기절한 냉미려는 북풍대에 의해서 포박당하고 내란선동죄로 지하에 있는 빙옥에 갇히게 됐다.

그 외에 처우는 아직 결정되지 않았다. 북해인들 대부분이 급진파에 가세한지라 결정을 내리기가 좀 힘들었다.

원래라면 거의 반란이나 다름없으니 노비로 만들거나 참수형을 내리는 것이 맞지만, 알다시피 그게 힘들다.

그렇지 않아도 적은 북해의 인구문제 등 여러모로 사정이 복잡하게 얽혀있는 것이 문제였다.

"고생하셨습니다."

냉약빙이 포권을 보이며 예의바르게 인사했다.

"고, 고생하셨습니다."

진양도 포권으로 답했지만, 그 얼굴이 좋지 않았다. 시선을 피하면서 땀을 뻘뻘 흘렸다.

"어머나. 혹시나 더우신가요?"

냉약빙이 표정 하나 안 바뀌고 물었다.

북해에서 땀을 흘리다니. 사치도 그런 사치가 없다.

"아니오, 덥지는 않습니다만……"

"그렇다면 다행이네요. 전 또 며칠 전처럼 저에게 닥치고 구경하라고 말하실 줄 알았어요."

"으으윽!"

그렇다. 이게 문제였다.

만년빙동에서 자기도 모르게, 감정이 격해졌는지는 모르겠지만 하필이면 소궁주에게 막말을 해버렸다.

아무리 돕는 입장이라고 해도 북해의 지도자가 될 사람

에게 그런 말을 하는 건 외교 문제로 번질 수도 있었다.

아니, 애초에 강호의 배분을 생각하면 결코 입 바깥으로 꺼내서는 안 될 일이었다.

아직 정식으로 북해궁주가 되지는 않았으나, 그래도 북해궁주나 다름없는 몸이었다. 중원 무림에서 치자면 무림맹주에게 '닥치고 구경이나 하시지?' 라고 말한 것과 같았다.

예의를 밥 말아먹은 수준이 아니라, 무시하고 짓밟았다.

북해에서 '무당신룡의 목숨을 내놔라.' 라고 말해도 할 말이 없을 정도의 수준이었다.

"죄, 죄송합니……크윽!"

허리를 숙여서 사과하려 했으나 통증이 느껴졌다. 냉미려에게 당했던 한방이 아직도 낫지 않았다.

"……몸은, 괜찮으신가요?"

냉미려가 한쪽 눈만 감은 채로 넌지시 물었다.

"아, 예. 좀 아프긴 하지만 며칠이면 나을 거라고 의원분께서 말하시더군요."

냉미려를 쓰러뜨리자마자 냉약빙이 북풍대원에게 말해 의원을 부르게 했다. 덕분에 빠른 조치를 받을 수 있었다.

"그렇다면 다행이군요. 임무를 성공적으로 완수하셨는데 침상에서 일어나지 못하면 좀 그러니까요."

냉약빙이 차를 한 모금 넘기곤 말했다.

“아, 예. 신경 써 주셔서……감사합니다.”

거북해!

정말 이 자리가 여러모로 거북했다. 당장이라도 바깥으로 뛰어나가고 싶었다.

아니, 할 수만 있다면 과거로 돌아가서 막말을 한 자신의 멱살을 휘어잡고 왜 그랬냐고 따지고 싶은 심정이었다.

붕대에 감긴 하복부보다 가슴이 아팠다. 양심이 쿡쿡 찌르고, 눈치가 보이고, 분위기가 무거워 어깨가 아팠다.

“…….”

“…….”

아무도 말을 하지 않았다. 긴 침묵이 이어졌다.

진양이 어찌할 줄 몰라 하면서, 괜스레 무릎을 손가락으로 긁적일 때쯤이었다. 냉약빙이 입을 열었다.

“그리고, 북해궁주로서 진심으로 감사 인사를 드리는 바입니다. 만약 신룡께서 계시지 않았더라면 전 사고에게 이길 수 없었을 겁니다.”

냉약빙이 차를 옆으로 치우고, 무릎을 꿇은 채로 인사했다. 손가락으로 바닥을 누르고 머리를 바닥에 닿을 정도로 허리를 숙였다.

“아, 아닙니다! 그러실 필요까지는 없습니다!”

냉약빙은 명실공히 북해의 지도자다. 냉미려가 패배했

으니 그건 당연한 일이었다.

그렇기에 이 정중한 태도가 더더욱 부담스러웠다.

전생과 비교하자면 대통령이 찾아와서 인사하는 것과 같았다. 무당파로 치자면 장문인이 와서 고개를 숙인 것이다.

"아니요. 신룡께선 충분히 인사를 받을 만하십니다."

냉약빙이 머리를 들며 흐트러진 머리를 정돈했다.

사담이긴 하지만, 방금 전에 인사하는 태도까지 합해서 자세 하나하나가 아름답고 정중하면서도 완벽했다.

가끔 보면 정말로 사람이 맞는지, 혹은 하늘에서 내려온 선녀가 아닐까 싶을 정도로 예뻤다.

그러나 다만 흠이 있다면 역시나 얼음과 같은 차가움이었다. 개인적으로 냉약빙이 웃으면 지금보다 좀 더 예쁠 것이라는 생각을 했다.

"일단 좀 더 할 이야기가 많습니다만 이렇게 환자를 앞에 두고 말씀드리는 것도 좀 그렇군요."

"아닙니다……."

"그리고 그렇게까지 신경 쓰실 필요는 없습니다. 며칠 전에 말씀하셨던 건 없던 걸로 치겠습니다. 신룡께 진 빚은 상당하니까요."

냉약빙이 소매로 입을 가린 채 말했다. 입가는 보이지

않았지만, 꼭 그녀가 웃는 것 같았다.

"휴우우……."

진양은 가슴에 손을 얹고 안도의 한숨을 내쉬었다. 한때는 어떻게 되나 싶었다. 이건 정말 심각한 일이다.

이렇게 넘어갈 수 있어서 다행이지, 냉약빙이 마음만 먹는다면 진양을 매우 곤란하게 만들 수 있었다.

"그러니까 며칠간은 푹 쉬도록 하세요. 그 이후에 이야기를 계속하지요."

냉약빙이 자리에서 일어났다.

"저, 그게 끝입니까?"

진양도 덩달아 일어나서 물었다.

좀 더 나눌 이야기가 많을 줄 알았는데, 아니었다. 생각한 것과는 달리 아무것도 없어서 뭔가 허무했다.

그 물음에 냉약빙은 무심한 표정을 지을 뿐, 아무런 대답을 하지 않았고, 그를 지나쳐 문 앞으로 이동했다.

'소궁주처럼 속을 알 수 없는 사람도 없을 거야.'

표정의 변화가 거의 없다시피 하니 알 수가 없다. 목소리에서조차 감정이 느껴지지 않았다.

감정을 숨기는 데 경지가 있다면, 아마 천마 정도는 아닐까 싶을 정도로 대단했다.

냉약빙은 미닫이문을 열곤, 잠시 선 채로 멈추었다. 그리곤 시선은 정면으로 유지하고 등을 돌리지 않은 채 물었다.

"신룡."

"예?"

"……전, 사고가 말씀하신 사랑이란 걸 이해하지 못합니다. 그게, 이 난리를 일으킬 정도로 중요한 것입니까?"

냉약빙의 물음에 진양은 눈을 동그랗게 떴다. 그리곤, 뭐라 대답할지 고민에 잠긴 듯 뒤통수를 긁적였다.

"그렇다면…… 그 남자를 당신의 스승으로 대입해 보시고, 입장을 바꿔서 생각해 보십시오. 그럼, 알지도 모릅니다."

그 대답에 냉약빙은 입을 꾹 다물고 가만히 있었다. 그리고 무언가 생각은 한 것일까, 문을 닫으면서 중얼거렸다.

"조금은, 알 것 같군요. 조금은……."

* * *

"아이고, 대협!"

침상에 누워서 진료를 받는다는 소식에 파후달이 달려왔다. 곰처럼 체구가 커다랗고, 다 큰 남자가 눈을 글썽이면서 달려오는 꼴은 실로 우스웠다.

미리 와 있었던 무림맹 사절단은 민망하다는 듯이 시선을 돌리면서 쯧쯧 하고 혀를 찼다.

"이봐요, 좀 조용히 하세요."

역시나 북해의 여인답게, 미색을 자랑하는 의원(醫員)이 나타나서 핀잔을 주었다.

"뭐요?"

파후달이 언짢은 듯이 반응했다.

강자에게 약하고, 약자에게 강한 전형적인 간신배의 모습을 보여주자 옆에서 지켜보던 진양이 감탄했다.

전생에서 즐겨 봤던 사극에서 나왔을 법한 그야말로 전형적인 악역이라 할 수 있었다.

파후달이 '내가 누군지 알아?' 라며 눈을 부릅뜨면서 의원에게 덤비려 들자, 진양이 막았다.

"아무리 독방이라고 해도, 옆방에 사람이 있지 않습니다. 그렇게 소리를 지르시면 폐를 끼칩니다."

"어이쿠, 그렇지요. 죄송합니다, 대협. 헤헤헤!"

파후달이 손바닥을 비비면서 태도를 바뀌었다.

정말로 빛보다 빠른 태세변환이었다.

'저걸 보고 처세술이 뛰어나다고 해야 하나…….'

원래 아부란 것도 너무 대놓고 하면 그다지 좋지 않은 법이다. 파후달만 봐도 알 수 있다.

물론 하북팽가야 워낙 다들 단순하다보니, 저렇게 대놓고 부담스럽게 칭찬해도 좋아하긴 한다.

그러나 하북지부장 이상으로 출세를 노리고 있다면 저래서야 완전히 글렀다.

무림맹 사절단원들조차도 보는 자신들이 민망하다는 듯 하나같이 시선을 돌린 채 입을 다물었다.

"……."

파후달은 의원에게 다가가 미안하다며 사과했다. 의원도 그의 태세변환에 어이없다는 표정을 지었다.

"……?"

그 광경을 가만히 지켜보고 있던 진양은 무언가 이상한 듯, 고개를 갸웃거리면서 의아한 표정을 지었다.

'뭐지?'

표현이 좀 더럽긴 하지만, 똥을 싸고 뒤를 닦지 않은 기분이 느껴졌다. 그만큼 찝찝한 기분이었다.

분명 얼마 전까지만 해도 파후달에 대해서 별다른 생각이 없었다. 아부가 좀 과하긴 하지만, 그래도 자신에게 피해를 준 적은 없었다. 반대로 도움을 줬다.

비록 그 의도가 속이 뻔히 보일 정도였지만, 나름대로 파후달을 나쁘지는 않게 생각했던 진양이었다.

하지만 지금은 좀 달랐다. 파후달이 신경이 쓰여도 너무 신경이 쓰였다. 이런 적은 처음이었다.

“공자, 왜 그러시나요?”

곁에서 사과를 깎던 백리선혜가 물었다.

참고로 사과는 중원에서 흔하지만, 북해에선 아니다. 빙궁에서 밖에 생산되지 않고 그 숫자도 적다.

이렇게 귀한 사과를 내주었다는 건, 빙궁에서 진양에 대한 취급이 얼마나 대단한지 알 수 있었다.

“의원을 부를까요?”

백리선혜가 물었다. 걱정스런 기색이 표정에서부터 묻어났다.

“아니오……. 그러실 필요는 없습니다…….”

진양은 유령에 홀린 것처럼 대답했다. 자신이 무어라 대답한 건지도 기억할 수 없었다.

시선은 여전히 의원과 말을 섞고 있는 파후달에게로 향하고 있었다.

그제야 백리선혜도 무언가 이상함을 느낀 듯, 시선을 파후달에게 돌린 뒤에 고개를 갸웃거리며 물었다.

“의원에게 반하신 건 아닌 것 같으시고, 하북지부장에게 무언가 문제라도 있는 건가요?”

“아니, 그게 아니라……?”

아니면 아니지, 뒤에 의문을 다는 것은 무엇일까.

딱 봐도 상태가 평범하지는 않았다. 그러나 백리선혜는 더 이상 묻지 않고 입을 다물었다.

그 모습이 마치 내버려두면 깨달음을 얻을 것 같처럼, 생각을 쥐어짜내는 것처럼 보여서 그렇다.

비록 깨달음은 아니었지만, 그래도 백리선혜가 배려해 준 덕분에 주변의 방해 없이 생각에 잠길 수 있었다.

'파후달은 시골 출신이다.'

시골에서 자란 남자는 결코 흔하지 않다. 특히나 나이가 어린 층은 거의 없다시피 하다.

이는 대부분이 북해의 추위를 버티지 못하고 빙궁으로 보내져서 그렇다.

참고로 이게 꼭 나쁜 것만은 아니었다.

남자아이가 우울증으로 인해 자살할 것을 우려하여 사촌까지는 데려갈 수 있기 때문이다.

빙궁에서 기다리는 생활이 비록 억압되고 통제되었다곤 하지만, 그만큼 보상이 좋기에 대부분 보낸다.

물론 그렇다고 거절할 수 있는 건 아니었다. 싫다고 해도 반강제적으로 빙궁에서 데려간다. 그만큼 성별불균형이 심각하고, 남자의 숫자가 부족하기 때문이었다.

'그리고 냉미려의 첫사랑도 시골 출신이다.'

다행히도(?) 파후달은 그걸 피할 수 있었다. 당시 그의 스승이었던 자가 키워서 잡아먹기(!) 위해서 숨겼다.

이렇게 특수한 경우가 없다면, 사실상 시골에서 태어나 성년까지 자랐다는 자는 몇 없다.

물론 빙궁에서 생식능력이 전무하다는 판정을 받거나, 나이를 먹을 경우 고향으로 돌아갈 수 있긴 하다.

'그리고 둘 다 빙궁에서 살았던 적도 있다.'

머리가 빠르게 회전했다. 두뇌가 타오르듯이 불을 뿜었다. 뇌세포가 활성화되어 마구 움직였다.

의문과 의문이 꼬리와 꼬리처럼 물면서 떠돌았다.

냉미려, 파후달, 첫사랑, 빙궁, 시골. 온갖 단어가 서로 겹치면서 톱니바퀴처럼 맞물렸다.

머릿속에서 퍼즐이 펼쳐졌다. 조각조각 나뉘었던 것이 원래의 자리로 찾아가면서 그림을 완성해간다.

"설마…… 아니겠지……?"

설마가 사람 잡는다는 말이 있다.

단서들을 모아서 나름대로 추리를 한 진양은 침을 꿀꺽 삼키곤, 파후달을 불렀다.

"하북지부장님."

"네이, 대협! 부르셨습니까!"

파후달이 몸을 날리며 날아왔다. 개구리가 폴짝 뛰는 모습을 연상시켰다.

"아, 그게…… 음."

진양은 주변의 눈치를 봤다. 파후달이 북해인이라는 걸 숨겨야 하기 때문에 쉽게 말을 꺼내지 못했다.

"그럼 저희는 이만 나가보도록 하죠."

백리선혜가 눈치를 채고 자리에서 일어났다.

송유한도 진양이 파후달과 할 이야기가 있다는 걸 깨닫고는 사절단과 함께 백리선혜를 따라 방에서 나갔다.

마침 독방인 덕분에 주변의 환자들을 신경 쓸 필요는 없었기에, 문이 닫히자마자 진양이 곧바로 물었다.

"저, 왜 그러신지……?"

파후달이 살짝 겁먹은 표정으로 물었다.

칭찬을 할 거라면 주변을 물릴 필요가 없다. 혹시나 쓴소리를 하려는 것은 아닐지 걱정됐다.

"북해에 계셨을 적에 대해서 질문할 것이 있어서 그랬습니다."

"휴우, 난 또 뭐라고. 그런 거였습니까!"

파후달이 안도의 한숨을 내쉬었다.

"얼마든지 물어보십시오. 이 파후달, 숨기는 것 하나 없이 성심성의껏 대답해드리겠습니다. 에헴!"

파후달이 가슴을 툭툭 두들기면서 씩 웃었다.

"빙궁에 언제 오신지 아십니까?"

"음, 시기 말입니까…… 그게……."

파후달이 곤란한 듯 미간을 찌푸렸다. 뭐가 걸려서 그런 게 아니라, 기억이 희미해서 그렇다.

"어디보자 제가 올해로 이순(耳順:60세) 정도니……."

자신의 앞에서 파후달은 한없이 자세를 낮추면서 공손하게 대하고 있지만, 이렇게 봐도 나이가 많다.

전생의 나이를 합쳐도 파후달이 상당한 편인지라 진양은 파후달을 함부로 대할 수가 없었다.

적이었거나 혹은 적의를 보였다면 함부로 대했겠지만, 그 반대이니 정말로 어찌할 수 없다.

"그때가 약관을 좀 지나서였나……?"

파후달은 오라가락하며 혼란스러워했다. 그만큼 오래 전에 있었던 일이었다.

"정확하게 말씀하시 않으셔도 됩니다."

진양이 재촉하는 듯이 급히 말했다.

"아, 그렇습니까. 그럼 아마 전대 북해궁주가 아직 소궁주였을 적일 겁니다. 당시 북해궁주가 전전대 북해궁주였으니까요."

"하북지부장님, 이건 정말로 중요한 일입니다. 헷갈리시면 안 됩니다. 그게 확실합니까?"

진양이 곧바로 믿지 않고 재차 확인을 요구했다. 자신의 추리가 맞다면, 정말로 이건 중요한 일이다.

"예, 예. 그렇습니다. 확실합니다요."

'시기까지 얼추 맞다.'

냉미려와 냉미상이 소녀였을 무렵이다. 그렇다면 당연히 당시 북해궁주도 냉약빙의 사조가 된다.

거기에 냉미려가 말해준 것과 공통점이 많았다.

빙궁에 오래 있지 않았고, 당시에도 무공이 강했다.

미색이야 파후달도 살이 찌기 전에는 상당했다고 했으니 문제될 것은 아니다.

또한 냉미려의 기억이 잘못되어 있을 확률도 적었다.

그 첫사랑을 잊지 못해서 이 난리를 피웠으니까.

"마지막으로 — 빙궁에서 친하게 지낸 사람은 없습니까?"

"있다고 해야 하나 없다고 해야 하나…… 잠자리를 요구한 여인네들 몇몇하고 발정난 꼬맹이들 몇몇……."

"꼬맹이!"

진양이 소리치면서 자리에서 벌떡 일어났다.

"히, 히이익?"

파후달이 그 기세에 깜짝 놀라서 뒤로 벌러덩 넘어졌다. 그리곤 얼른 머리를 숙이면서 사과했다.

"아이고, 대협. 진정하십시오. 무언가 오해가 있으신 모양입니다. 전 결코 어린애들을 건들지 않았습니다. 중원에서 여자를 데리고 탱자탱자 놀긴 했지만, 미성년은 무서워서 건들지도 않았…….”

“찾았다!”

“예?”

*　　*　　*

“졌구나…….”

눈을 뜬 냉미려가 말한 첫마디였다.

졌다. 완벽하게 졌다. 그리고 모든 것이 끝났다.

사랑을 알게 되고, 그가 떠나게 되면서 북해의 모든 걸 바꾸려고 했다. 그가 돌아온다고 굳게 믿었다.

결국 사매인 냉미상과 의견 다툼이 있었다.

냉미상 역시 첫사랑이 떠난 것을 가슴 아파했으나, 그렇다고 중원 침공은 너무 과하다면서 반대했다.

그때부터였을까. 사매와 사이가 틀어지던 것은.

물론 그 전에도 자주 싸우곤 했었다. 특히나 한 남자를 사랑하게 되면서 다툼이 늘었었다.

하지만 냉미상은 그런 사매에게 동질감을 느꼈다.

사매 역시 그를 누구보다 사랑했기에, 그리고 시간이 지나도 잊을 수 없었기에 함께할 것이라 생각했다.

둘이서 함께 북해의 지도자가 되어, 북해 — 아니, 중원까지 침공해서라도 그를 찾을 수 있다고 생각했다.

그만큼 냉미려는 고독했다. 자신의 사랑을 이해해 줄 사람이 필요했다.

만약에 첫사랑을 찾으려고, 그가 돌아오기 위해서 중원을 침공하고 북해를 살기 좋게 만들겠다고 말했다간 어떻게 될지는 뻔하다.

최악으로 아무도 도와주지 않을 수 있었다.

냉미려는 그걸 걱정하여 입을 끝까지 다물었고, 사랑을 숨겨왔다. 몇 번이나 늦어도 괜찮으니 사매가 생각을 돌려서 함께해 주기를 기다렸으나, 변한 것은 없었다.

결국은 의견을 좁히지 않고 헛된 희망을 버리라며. 그는 죽었다면서 쓴 소리까지 받았다.

"아아아……만나고 싶어요……."

냉미려는 눈물을 쏟아냈다. 넋을 잃은 얼굴로 울었다.

이름도 모를 사람을 그리워하고, 사랑했다.

그걸 위해서 모든 걸 걸었고, 모든 걸 포기했다.

하나밖에 없던 사매와 척을 졌고, 스승의 실망을 얻게 됐고, 사질의 권좌까지 노려서 욕까지 먹었다.

그런데 그게 부질없게 됐다. 이 모양 이 꼴이다.

정신을 차리고 보니 지하 빙옥 안에서 혼자 쓸쓸이 남아서 무릎을 꿇고 처절하게 울고 있었다.

"히익, 잠깐. 대협. 왜 이런 곳에 내려가시라는 겁니까?"

"……어?"

울음이 뚝 멈췄다.

"환……청……?"

냉미려의 머리가 천천히 올라갔다.

이 목소리, 들은 적 있다. 아니, 모를 리가 없다. 꿈에서도 나왔던 목소리다. 항상 상상했던 목소리였다.

이걸 모를 리가 없었다.

"저, 절 설마 빙옥에 가두려는 건 아니겠지요? 그렇게 등을 밀지 마시고 제발 용서해주……."

"시끄럽고, 자 빨리 내려갑시다!"

진양이 한숨을 내쉬며 파후달의 등을 내밀었다.

그리고.

"……아……."

냉미려는 울었다.

그리고.

"아아아아……!"

웃으면서, 눈물을 흘리며 달려갔다.

얼음으로 된 창살이 막았지만 소용없었다.

냉미려는 너무나도 가볍게 창살을 없애버리고, 그대로

앞으로 나아가 한 번도 잊지 않은 남자에게 안겼다.

“보고 싶었어요.”

“예, 예? 뭐, 뭡니까?”

“보고 싶었어요…… 오라버니…….”

그에게 안긴 채, 냉미려는 행복하게 미소 지었다.

第六章

중원귀행(中原歸行)

내전에 가담된 자들의 처우가 결정됐다.

역시나 급진파 모두를 빙옥에 넣거나 하는 등은 무리였다. 그 많은 인원을 수용할 수는 없었다.

그래서 대부분이 진급 누락이라던가, 혹은 재산의 반을 상납하는 등의 형태로 끝났다.

허나, 냉미려나 설귀단처럼 주동자의 경우는 좀 달랐다. 보는 눈이 있는지라 함부로 넘길 수는 없었다.

아무리 북해빙궁이 고수의 숫자가 적다곤 하지만, 내란을 일으킨 자를 솜방망이 처벌할 수는 없었다.

냉약빙은 죄인이 된 냉미려를 마주보고 말했다.

"얼마 전에 빙옥에서 잘도 날뛰셨군요."

"날뛴 게 아니다. 오라버니를 안았을 뿐이다."

"창살을 모조리 박살낸 걸 보통 날뛰었다고 부르지요. 탈옥죄까지 추가되신 건 알고 계신가요?"

"흥, 그깟 죄. 오라버니를 안을 수 있다면 얼마든지 받을 수 있느니라."

냉미려가 코웃음을 치면서 가당치도 않는 표정을 지었다. 그런 냉미려를 보고 냉약빙이 골을 아픈지 손가락으로 이마를 짚으며 한숨을 푹 내쉬었다.

"도대체 무슨 생각이셨습니까, 신룡."

"할 말이 없군요. 완전히 제 탓입니다."

진양도 쓴웃음을 흘리면서 뒤통수를 긁적였다.

냉약빙이 창살을 박살내고 어디 도망치지 않아서 다행이었지, 탈옥이라도 했다면 정말 곤란하다.

"그리고 — 사고께선 사람이 말을 하면 좀 제대로 된 태도를 해주셨으면 합니다."

냉약빙이 차가운 시선으로 냉미려를 쳐다봤다.

얼굴에 주름까지 질 정도로 나이 먹은 중년은 마치 어리광을 부리듯이 파후달의 팔을 품에 꼭 안고 있었다.

덕분에 옆에 있던 파후달만 가시방석이었다.

"네 이년, 감히 사고의 몇 십 년 만의 재회를 방해할 생각인게냐. 정말로 건방지기 그지없구나."

빠드드득.

주변의 온도가 떨어지며 서리가 맺히는 것이 느껴졌다. 냉미려에게서 빙한기가 뿜어져 나왔다.

"크윽!"

덕분에 옆에 붙어 있던 파후달만 피해를 입었다.

"어머, 오, 오라버니! 죄송해요!"

그러자 냉미려가 화들짝 놀랐다.

재빨리 빙한기를 거두곤, 혹시나 파후달이 다치지는 않았는지 몸 이곳저곳을 두들기면서 확인했다.

그 눈빛을 보니 몹시 걱정하는 것이었고, 또 자신의 행위에 깊이 후회하는 표정을 짓고 있었다.

게다가 눈까지 글썽이면서 어쩔 줄 몰라하여 안절부절 떨고만 있다.

"……."

냉약빙이 할 말을 잃은 얼굴로 입을 다물지 못했다.

"미친."

주동자로 끌려온 설귀단주도 경악을 금치 못했다.

애초에 냉미려가 누구인가?

소궁주 시절 때부터 냉혹무도, 철혈의 무인 등으로 두려움과 존경을 받았던 여인이었다.

남자에게 손을 대기는커녕, 귀찮다거나 관심 없다면서 배제하기만 했다. 오직 정치적 도구로만 대했다.

심지어 수하들 중에서 남자에 빠진 여자가 있다면 직접 나서서 먼지 나게 패며 정신 차리게 만들었다.

피 한 방울 흘리지 않을 것 같은 지도자!

"아니, 전…… 괜찮습니다……."

파후달 본인조차도 무안한 듯이 답했다.

그러자 냉미려가 몹시 상처 입은 듯, 가슴을 부여잡고 눈매에 맺힌 물방울을 훔치면서 섭섭해 했다.

"오라버니, 어찌 절 그리 남처럼 대하시는지요. 아무리 제가 오라버니를 먼저 찾아뵙지 못했다곤 하나, 너무하시지 않는지요. 부디 예전처럼 편히 대해주십시오. 그러지 않는다면 소녀는 괴로워 살지 못합니다."

'소녀?'

그냥 넘어갈 수 없는 말이다. 어떻게 봐도 소녀, 아니 숙녀라고도 칭할 수 없는 나이다.

'……'

한편, 파후달은 이 자리에 있는 누구보다 더 당황하고 곤란한 상태였다.

진양에게 불려서 빙옥에 내려갔는데, 내란의 주모자였던 냉미려가 뜬금없이 자신에게 안기곤 펑펑 울었다.

처음엔 냉미려가 혹시 내전에 패배해서 미치기라도 한 것은 아닌가 의심했다.

하지만 이후에 자세한 사정을 듣고 이해하게 됐다. 그리고 이 사실에 파후달도 상당히 어이없어 했다.

'그때의 꼬맹이들이 이런 거물이었다고?'

한 남자로 인해서 내전이 일어났다.

'아니, 뭐 북해가 살기 안 좋아서 떠난 건 맞는데.'

파후달은 북해의 문화와 굶주림이 싫었다. 그래서 먼 땅인 중원까지 와서 이리저리 뒹굴다가 정착했다.

"왜, 왜 저희에게 거짓말을 하셨나요?"

냉미려가 엉엉 울면서 물었던 질문이었다.

그 질문에 파후달은 몹시 당황하며 답했다.

"아, 아이들의 순수성을 깨뜨리고 싶지 않았습니다."

"역시나! 어떻게 이리 상냥하실 수 있나요!"

냉미려는 예상했다는 듯이 다시 울면서 파후달의 품안에 안겼다.

당시 진양은 파후달의 표정이 '거짓말이다.' 라고 말하는 것을 보곤 나중에 가서 다시 물어봤다.

"그거 거짓말이죠?"

"예……."

"진실은 뭡니까?"

"그게…… 저도 사실은 기억이 잘……."

당시 파후달에게 중요한 건 북해빙궁을 빠져나갈 방법이었다. 그리고 계획을 세워 성공시키는 것으로 머릿속이 가득 차 그 외에는 솔직히 아무래도 상관없었다.

꼬맹이들과 대화했던 것 자체는 기억이 나는데 그때 품은 생각이나 감정에 대해선 쥐꼬리만큼도 모른다.

냉미려의 물음에 대답해준 것도, 비위 맞추는 데는 도가 튼 덕에 적당히 말을 맞춰서 대답했던 것뿐이다.

진실을 알면 생각보다 별거 아닌 법.

정말로 그 어떤 거창함도 없었다.

"이건 저희만 아는 걸로 하죠."

선의의 거짓말도 있는 법. 괜히 이걸 밝혔다가 또 어떤 소란을 일으킬지도 몰라 그냥 입을 다물었다.

"어차피 무덤까지 가지고 갈 생각이었습니다."

파후달도 그 의견에 찬성하며 고개를 주억거렸다.

"파후달…… 하북지부장님이라 하셨습니까."

"편하게 하북지부장이라 부르시오."

냉약빙의 부름에 파후달이 회상에서 벗어났다.

그 대답에 냉약빙이 씁쓸한 표정을 지었다.

한때, 북해빙궁의 남자였던 자가 중원까지 가서 무림맹 지부장 자리까지 올랐다. 복잡한 심경이었다.

"혹시 하는 마음으로 드리는 말씀드리지만……."

"이곳에 남을 생각은 없소. 내 고향은 중원이오."

파후달이 냉약빙의 말을 자르며 단호하게 말했다.

평소에는 살에 묻혀 표정이 제대로 보이지 않았지만, 내전 덕에 살이 좀 빠져 알아볼 수 있었다.

그 얼굴은 언제나 보여주었던 비굴함과는 멀었다. 진중하고 흔들림 없으며, 강인한 의지가 느껴졌다.

"어떤 것으로도 날 회유할 수는 없을 거요. 몇 만 금을 주건, 미녀들을 붙여 주건, 출신을 가지고 협박을 하건 간에 난 북해로 돌아가지 않소. 빙궁 내부가 춥지 않고 배고프지 않아도 상관없소. 예전처럼 남자에 대한 인권이 낮지 않다고 해도 마찬가지요. 난 북해인이 아니라 중원인이오."

정말로 북해가 중원까지 진출했다면 또 모른다. 그러지 않는 이상 북해로 돌아가고 싶지는 않았다.

어찌 보면 냉미려가 첫사랑을 찾는 방법은 틀리지 않고 올바른 방법이었다고 할 수 있었다.

"……그렇습니까."

냉약빙이 두 눈을 지그시 감았다.

"그렇소."

파후달이 답했다.

'냉약빙의 입장에선 아무래도 파후달은 아깝겠지.'

파후달의 무력 따위는 아무래도 상관없었다. 확실히 절정이나 초절정이면 북해에서도 길가에 널린 돌처럼 흔한 것은 아니었으나, 그렇게까지 중요하진 않다.

북해 입장에서 파후달이 정말로 가치 있는 것은 역시나 살아왔던 인생 그 자체였다.

북해 시골에서 태어나서 누구보다 험악하게 살았으며, 여행을 하다가 북해빙궁까지 와서 살아봤다.

누구보다 북해에 대해서 잘 알고 있으며, 또한 북해를 탈출해 중원까지도 갔다. 이건 실로 놀라운 사실이다.

탈출이 어려운 것도 그렇지만, 나와서도 문제다. 북해에서 중원까지 가는 것 자체도 위험해서 그렇다.

게다가 중원에 도착해서는 또 어떤가. 북해의 추위에 익숙해진 덕에 중원의 기후는 덥기 그지없었다.

환경이 여러모로 맞지 않아 무위가 한 단계 정도 내려가고, 결정적으로 중원에 대해서 잘 모른다.

그런데 파후달은 그걸 버틴 것도 모자라서 무림맹의 요직까지 손에 쥐었다.

그가 지닌 정보만 가지고 있는 것 자체로 북해는 최소 십 년 이상 빠르게 성장할 수 있었다.

"그렇다면, 어쩔 수 없지요."

'호오.'

진양이 속으로 살짝 감탄했다.

냉약빙이 이렇게 시원하게 보내줄지는 몰랐다. 솔직히 말해 정보 몇 개는 물어보고 놔줄 줄 알았다.

파후달도 그걸 생각했는지 찝찝한 표정을 지었다.

"원래부터 중원인이었던 자이고 — 하물며 하북지부장님이신 분을 제가 어찌 할 수 있겠습니까."

냉약빙이 김이 모락모락 나는 차를 마시며 말했다.

출신에 대해선 비밀로 붙이겠다는 뜻. 그러니 알아서 눈치껏 받아들이라는 숨은 뜻을 해석할 수 있었다.

"……고맙소. 북해궁주."

파후달이 포권을 보이며 정중하게 인사했다.

원래라면 파후달이 북해빙궁에 있는 것이 맞다. 이번에는 파후달이 억지를 부린 것에 불과했다.

빙궁에서 지냈던 짧았던 시간 동안 호화로운 만찬이나, 옷 등 온갖 권리를 충분히 누렸기 때문이다.

처음엔 건강도 좋지 않아서 북해의 여인들도 건들지 않고 보호까지 받았다.

그리고 슬슬 남자로서의 의무를 이행해야 할 때가 되자 그게 싫다고 도망쳐버렸던 것이다.

욕을 먹어도 할 말이 없거늘, 그걸 모른 척해 주고 그냥 넘어가 주겠다니 고마워할 만했다.

"그리고…… 사고."

냉약빙의 시선이 드디어 냉미려로 향했다.

"……."

냉미려는 아무 말도 하지 않고 가만히 있었다.

"북해궁주로서 명합니다. 사고께서는 단주인 동예를 비롯한 설귀단과 함께하여 유배형에 처해질 것입니다."

"유배형……?"

"예, 외딴 섬이 아니라 중원이지만 말이죠."

"그건……!"

동예의 안색이 환해졌다.

내란죄라면 사형을 받아도 할 말이 없다. 솔직히 동예조차도 다 체념한 기색으로 사형을 기다리고 있었다.

그러나 예상 외로 나쁘지 않은 형이 내려진 것이었다.

작은 섬도 아니고 중원이라면 사실상 살아남아서 새로운 인생을 살라는 것과 다름없었다.

"아직 기뻐하지 마십시오. 설마하니 제가 그리 만만해 보이는 것은 아니겠지요?"

냉약빙이 코웃음을 치면서 동예를 싸늘하게 노려봤다. 그러자 동예가 '윽' 하고 몸을 움찔 떨었다.

냉약빙이나 파후달과 만나기 전 냉미려나 그 냉혹함은 악명을 떨칠 정도로 명성도가 높다.

"설귀단 외에도 몇몇 죄질이 나쁜 자들이 따라갈 겁니다. 사고께서는 설귀단주와 함께 그녀들을 이끌어서 정사대전에 참여해 무림맹을 무조건적으로 도우십시오."

"아!"

드디어 나왔다. 기다리고 기다렸던 지원의 이야기다.

하지만 그래봤자 천 명도 되지 않는 인원이다. 이게 지원 병력 모두라고 하면 지금 당장 후려쳐야 한다.

다행히도 그런 불상사는 일어나지 않았다. 의아한 시선을 던지기도 전에 냉약빙이 의문을 풀어줬다.

"정사대전까지 아직 시간이 남기도 했고, 병력의 재정비도 필요하답니다. 또한 저 역시 빙정을 흡수하여 북해궁주의 진정한 힘을 얻어내야 하고요. 그다지 오래 걸리지는 않을 것이니 신룡께선 걱정하지 마십시오."

빙정의 흡수가 너무 길게 되면 북해궁주에 집중된 체계에 문제가 생기기도 하고 여러모로 귀찮다.

게다가 대대로 빙정을 흡수가 효율적이고 빠르게 되도록 연구되었기에 다 방법이 있었다.

"과연, 이해했습니다."

진양이 고개를 주억거렸다.

"……정말로, 그걸로 괜찮겠느냐."

냉미려가 무릎을 꿇고 정자세로 앉아 물었다.

사랑에 빠진 여인의 눈, 그리고 한때 북해를 이끌었던 냉혹한 지도자의 눈동자가 냉약빙을 비춘다.

냉미려야 나쁘지 않은 제안이었다. 어차피 파후달이 북해를 떠난다고 한다면 끝까지 따라갈 생각이었다.

그러나 마음이 불편했던 건 아니었다. 그동안 자신을 따라온 동예 등 측근의 처벌을 걱정했다.

정사대전에 참여하라는 건 확실히 가벼운 형벌이 아니긴 하지만 그래도 살려 준다는 것은 다름이 없다.

다시 한 번 말하지만 사형을 당해도 할 말이 없었다.

"네, 정사대전에 참전하여 무림맹이 승리할 때까지 끝까지 싸우다가 죽으십시오."

냉약빙이 별거 아니라는 듯이 말했다.

그 말에 동예가 아무 말 없이 바닥에 손을 짚고 허리를 숙여 예의 바르게 인사했다.

나름대로 설귀단주로서 단원들을 살려 준 것에 감사를 표했다.

"고맙구나……."

냉미려도 괜한 자존심을 보이지 않고 허리를 숙여 예의 있게 인사했다.

"고마워 할 필요 없습니다. 그리고 어색하게 그렇게 대하지 마세요. 어차피 사고를 사지로 보내는 거니까요."

냉약빙이 평소처럼 예의 무표정으로 독설을 했다.

"정리도 되셨으니 이제 슬슬 저도 떠나야겠군요."

훈훈한 분위기에 진양이 옅게 미소 지으면서 말했다.

북해에서 지낸 지도 상당히 오래 됐다. 이제 슬슬 떠나야 할 때가 됐다.

몸도 그럭저럭 회복됐고, 얼마 전에 전서응과 전서구를 대거 하북 지방으로 보내 임무를 끝냈다고 알렸다.

북해를 떠날 준비는 별로 오래 걸리지 않았다. 온 그대로 인원에서 북해인 대거를 포함해서 가기로 했다.

냉약빙이 여행비나 식량 등을 챙겨줬다.

그러나 전혀 예상치 못했던 동행이 붙게 됐다.

"대인, 부디 저도 동행을 허락해 주십시오."

얼마 전까지 북해의 남자들의 대표로서 함께 해줬던 풍정국이었다. 그가 부담스런 눈빛으로 동행을 청하자, 진양은 곤란한 표정으로 풍정국에게 물었다.

"저야 뭐 상관없는 일이지만…… 가족이나 풍 소협께서 이끌었던 친우들이 북해에 있지 않습니까?"

"가족은 일찍이 잃어 상관없습니다. 그리고 저는 어차피 누군가를 이끌 그릇이 아니니 걱정할 필요는 없습니다. 아마 옥주결 소협께서 잘해 주실 겁니다."

"풍 소협께서는 북해빙궁에서 태어나서 자랐다고 하셨던 걸로 기억하는데…… 중원에 가면 필시 힘들 겁니다."

"맞소. 정말로 피똥 쌀 정도로 힘들 거요."

파후달도 옆에서 수긍하면서 경고하듯이 말했다.

북해인 출신이었던 만큼 그 고난이 얼마나 힘들고 지치는지 누구보다 잘 알고 있었다.

"상관없습니다. 응당 사내로 태어나면 고생 한번 해야 하지 않겠습니까? 이 풍정국, 난생 처음으로 모시고 싶은 분이 생겼습니다. 부디 절 받아 주십시오."

"모시고 싶다니, 과하십니다. 그렇게까지 하실 필요는 없습니다."

진양이 당황했다. 아니, 정확히는 풍정국의 태도에 부담스런 모습을 보였다.

'솔직히 너무 예쁘다.'

마음 같아선 풍정국에게 '네가 예뻐서 남자로서 감히 대할 수가 없다. 그게 매우 부담스럽다.' 라고 말하고 싶었다. 그런데 상처를 받을 것 같아서 그럴 수 없었다.

풍정국의 마음이 기쁘지 않는 건 아니지만, 역시나 시선이 좀 부담스러웠다.

"아니, 부디 그렇게 하게 해 주십시오. 진 대인을 뵙기 전까지 전 남자도 아니었습니다. 즉, 사자(死者)와 마찬가지였지요. 이 말은 진 대인께서 절 살려 주신 은인이라는 것이나 마찬가지라는 소리입니다!”

풍정국이 눈을 부릅뜨면서 격하게 말을 이었다.

“이 풍정국, 대인이 있었기에 살 수 있었습니다. 대인께서 필요 없으신다고 하면 제 손으로……!”

“알겠습니다! 그러니 그렇게까지 하실 필요는 없습니다!”

목이라고 자르겠다는 시늉을 하자 진양이 기겁하면서 말렸다. 이로 인해 귀찮은 동행이 붙게 됐다.

‘성격이라도 남자 같아서 다행이네.’

성격도 여자였다면 정말로 성정체성이 흔들렸을지도 모른다. 여러모로 무서운 남자였다.

“북해의 남자들은 툭하면 떠나시는군요.”

그 광경을 지켜보던 냉약빙이 불쾌한 듯이 곱씹었다.

진양을 배웅하러 나왔는데 이게 뭔 일인가.

“소, 소궁주님! 아니, 북해궁주님!”

풍정국이 볼 낯이 없다면서 죄송하다는 표정을 지었다. 그러자 냉약빙이 한숨을 내쉬면서 말했다.

“아니오, 이미 늦었으니 됐답니다. 그러나 당신을 그냥 보내 주는 건 아닙니다. 본궁에서 권리를 충분히 누리셨다면, 중원에 가셔서 빙궁의 이름을 높이십시오.”

정사대전에 참전해서 열심히 싸우라는 뜻이었다.

"예! 바라던 바입니다! 감사합니다!"

풍정국이 감격에 겨운 얼굴로 감사 인사를 했다.

"궁주!"

그 모습을 본 한추설이 반색했다.

"그렇다면 나 역시 보내 주지 않겠소?"

한추설 역시 진양을 따라가고 싶었다. 검과 무에만 반해서 평생을 혼자로 살았다.

"정인이 떠나는데 이 몸, 어찌 가만히 있을 수 있겠소?"

그래서 더더욱 진양을 곁에서 지켜주고 싶었다. 돕는 게 아니다. 지켜 주는 거다. 참으로 북해의 여인다웠다.

"제정신이십니까. 쓸데없는 소리 하지 마십시오."

그러나 냉약빙이 어림없다는 듯 피식 웃었다. 흔히 볼 수 없는 웃음이었으나, 멍하니 볼 수는 없었다.

상대할 가치도 없다는 듯, 명백하게 비웃음이 뒤섞인 차디찬 냉소였다.

"어째서!"

한추설이 억울하다는 듯이 외쳤다.

"빙정을 흡수하는 동안 절 대신해서 북해를 이끌어야 하는 걸 잊은 건 아니겠지요."

냉약빙은 나이가 제법 있지만 아직 제자가 없다. 북해궁주에 오르는 데만 너무 많은 시간과 정신을 소비했기 때문이었다. 제자를 키울 여유 따위는 없었다.

원래라면 북해궁주가 자리를 비울 경우 소궁주가 일을 맡겠지만, 없으니 보검주가 해야만 했다.

아니. 애초에 북해제일의 검객 — 보검주 같이 중요한 사람을 중원에 함부로 보낼 리가 없었다.

“부디 날 잊지 마시오.”

한추설도 그걸 안다. 그녀는 바보이긴 하지만, 머리가 아예 빈 것은 아니었다.

자신의 처지를 잘 알고 있기에 눈물을 뚝뚝 흘리면서 진양의 손을 붙잡고 아쉬워했다.

“이 미친년과 동행하지 않아서 정말로 다행이군요.”

백리선혜가 가슴에 손을 얹고 안도의 한숨을 내쉬었다. 그리곤 뚜벅뚜벅 걸어가 진양의 손을 붙잡은 한추설의 손등을 찰싹 때리곤 저리 가라며 언성을 높였다.

“북해의 멧돼지 촌년 주제에 저희 공자님을 만지시지 마시지요. 그리고 웬만하면 중원에 지원도 오시지 않았으면 하네요.”

“백리 소저, 너무 그러지 마십시오. 만약 좌흉나찰께서 오신다면 분명 큰 전력이 될 겁니다.”

진양이 아하하, 하고 쓰게 웃으면서 말했다.

괜히 남자들의 사범이 되는 등 고생을 한 게 아니었다.

솔직히 말해서 한추설이 와줬으면 했다.

다만 내전이 끝난 지 별로 되지도 않았는데 앞으로 있을 큰 전쟁에 쉽게 참가할 수 있을지 좀 걱정됐다.

"그 정도는 얼마든지 해 드릴 수 있으니 걱정하지 마세요. 어쩌면 저 또한 함께할 수도 있을 겁니다."

"궁주님께서도 말입니까?"

진양이 깜짝 놀란 듯 되물었다. 북해궁주가 나선다면 그건 곧 북해빙궁 전체가 참전한다는 것과 같다.

설마하니 이 정도까지 지원을 나올지는 상상도 하지 못한 진양이었다.

"예. 화경 위의 경지에 올라 그 힘을 좀 시험해 보고 싶거든요."

냉약빙도 역시나 천생무인이었다. 얼굴에 자세하게 묻어나진 않았으나, 무림육존에 이르는 경지에 대한 기대감이 언뜻 보였다

한편으로 무에 대한 욕망을 담은 눈동자가 이렇게 아름다워 보이나 하고 생각되기도 했다.

"그럼, 이제 정말로 이별이군요."

"나중에 또 뵙도록 하겠습니다."

"예, 그럼 나중에."

*　　*　　*

진양은 배웅을 받고 북해빙궁을 떠났다. 아마 다시 하북에 도착할 때면 한 달 정도 걸릴 것이다.

고향으로 돌아갈 생각을 하니 기분이 절로 좋아졌다.

참고로 일행이 떠날 때 온건파 사람들 중 수뇌부에 속하는 이들이 나와서 대부분 아쉬워했다.

특히나 무림맹 사절단을 매의 눈빛으로 노리던 노처녀들은 거의 집착적으로 '떠나지 말라며' 외쳤다.

나중에 알고 보니 그녀들은 무림맹 사절단을 납치 감금이라도 할까 생각했다고 했다.

북풍대는 배를 매만지면서 '당신의 아이, 제가 잘 기를게요.' 라며 온갖 죄악감을 만들어냈다.

무시무시한 여인들이었다.

북해의 남자들의 경우에도 존경을 담아서 진양을 배웅해 주었다. 그리고 사내다움을 가르쳐 줘서 고맙다고 허리숙여 진심을 다해 감사 인사를 했다.

옥주결은 풍정국이 떠나자 아쉬워하는 눈초리였으나, 그의 선택을 존중하기로 하며 손을 흔들어 인사했다.

그리고 북해빙궁을 떠난 지 일주일.

송유한이 핼쑥해진 얼굴로 제일 먼저 후회를 했다.

"설귀단과 함께하지 말았어야 합니다, 대협."

나머지 설귀단원들 역시 상태가 그다지 좋지 못했다.

"어머나, 안색이 그다지 좋지 않아요. 송 가가, 얼른 이리와 봐요. 제가 마사지라도 해 드릴게요."

은하랑의 남자를 빼앗은 동예가 뿌듯하게 웃으면서 송유한에게 바싹 붙었다.

진양은 그런 송유한을 물끄러미 쳐다보면서 한마디 던졌다.

"인기가 많으시군요."

"대혀어업! 그런 끔찍한 소리를 하지 마십시오!"

송유한이 정말로 울 것 같은 기세로 버럭 소리 질렀다.

'……정말로 심각하나 보네.'

송유한의 외침에 진양이 깜짝 놀랐다.

항상 말을 편히 하라고 해도, 항상 자신을 극진하게 대하던 송유한이었다.

말을 해도 그 자세를 고치지 않으니, 귀찮아서 그냥 뒀다. 예전의 송유한이었으면 상상도 못 할 행동이다.

그만큼 그들 입장에서 설귀단의 관심은 좋지 못했다. 미녀들의 시선에 좋아하기는커녕 피눈물을 흘렸다.

"북풍대건 설귀단이건……."

부들부들!

사절단원 중 한 명이 공포에 잠긴 목소리로 중얼거렸다. 안색이 새파랗게 질려있었다.

중원이었다면 수많은 남자들이 부러워했을지도 모른다. 그냥 여자도 아니고 눈이 돌아갈 만큼의 미녀들이 찾아와서 유혹을 해댄다. 부럽지 않으면 이상했다.

그러나 북해에 있을 때처럼 정기를 쪽쪽 빨아먹으면서 생명의 위기까지 만들게 하니 미칠 지경이었다.

무엇보다 설귀들이 하는 말이 정말로 가관이었는데.

"설마하니 고향에게 버려져 갈 곳 없는 절 그대로 버릴 생각은 아니겠죠. 절 그렇게 거칠게 안으셨잖아요."

"중원에서도 널 내가 부양할 테니까 닥치고 나나 따라와."

"어제 밤은 솔직히 좋았지? 싫다고 하면서도 목소리는 솔직하던데. 이제 슬슬 나한테 장가나 오라고."

"북해에서 전 재산을 가지고 왔어. 이걸로 너와 나 사이에서 태어난 아이를 먹여 살릴 테니 걱정하지 마."

"무림맹 무사라고? 남자 주제에 무슨 무사야. 내가 책임질 테니까 집에서 아이나 돌봐!"

第七章

사정전문(事情傳聞)

역시나 보수적이었던 설귀단답게 무림맹 사절단원들을 거의 협박하다시피 자신의 남자로 만들려했다.

어째서인지 이렇게 억지로 끌고 가는 걸 '여자답다!' 라고 생각하는 듯, 대부분 거센 언동을 했다.

게다가 여기서 더 웃긴 건 설귀단원의 숫자가 제법 많아, 서로 사절단원을 두고 뺨을 때리며 싸우기도 했다.

"개년아, 네가 내 남자를 어제 안았다며? 다 들었어!"

"싸워서 이긴 쪽이 그를 갖기로 하자니까!"

현대인 입장에서도 중원인 입장에서도 여러모로 혼돈 그 자체를 부르는 광경이었다.

근데 이게 은근 재미있어서 진양은 영화를 보는 느낌이라 말리지 않고 구경했다.

'아무래도 옛 시대라 즐길 거리가 없을 거라고 생각하는데, 전혀 아니었네. 여기에는 북해가 있었다.'

온건파가 최소한의 예의를 지키는 병신이라면, 급진파는 최소한의 예의도 없는 병신이랄까.

비유가 좀 이상하지만, 어쨌거나 온건파는 그 이름에 맞게 그래도 남자들 앞에서 기본은 지키려 했다.

하지만 급진파 — 그것도 중심이었던 설귀단은 그딴 건 개나 줘버리라는 듯이 이런 모습을 보였다.

"것 참 소란스럽군."

"네 이년들, 당장 닥치지 못하겠느냐. 오라버님께서 시끄럽다고 하지 않느냐."

파후달이 한마디 하자 냉미려가 살의까지 내뿜으면서 설귀단에게 으름장을 내놓았다.

그러자 좀 시끄러웠던 설귀단이 입을 다물었다.

비록 북해에서 쫓겨나 냉미려의 지위가 없어졌다고 해도, 그걸 온전히 무시할 수는 없었다.

오랫동안 냉미려를 곁에서 모셨으며, 또한 북해제일의 고수 중 한 명이었기에 그렇다.

"오라버님, 이제 좀 괜찮으신지요?"

"……아니, 그 정도까지 바란 건 아닌데……."

파후달이 멋쩍은 듯 뒤통수를 긁적이며 무척 어색한 표정을 지었다.

북해에서 출발한 뒤로 쭉 이 상태이다. 뭐만 말하면 냉미려가 과하게 반응하곤 했다.

배가 좀 출출하다고 하면 고급 인력인 절정 고수 열 명에게 곰이라도 잡아오라는 명령까지 내리곤 했다.

참고로 냉미려에 대한 파후달의 마음은 좀 묘했다.

파후달은 미녀건 뭐건 간에 일단 북해 출신이라고 하면 학을 떼며 싫어한다. 아니, 싫어하는 것 정도가 아니라 오물을 바라보듯이 혐오하는 수준이었다.

그것은 북해 자체를 싫어하여 나오는 감정이기도 하지만, 역시나 남자를 대하는 취급 자체가 싫었다.

제대로 된 사람 취급도 하지 않고, 자유를 빼앗은 약과다. 하루에 열 번 이상 덤벼들어 성욕을 풀려고 하니 미칠 지경이었다. 그걸 버티지 못해서 나왔다.

그러나 냉미려는 과연 북해의 여인이 맞나 싶을 정도로 헌신적인 모습을 보였다. 아니, 솔직히 말해서 중원의 여성들과 비교해도 과하다 할 정도였다.

그러다보니 냉미려를 그다지 싫어하는 눈치가 아니었다. 무엇보다 그녀는 화경의 고수이지 않는가. 함께 한다면 적어도 목숨을 걱정할 필요는 없었다.

'예쁘기도 하고…….'

냉미려는 나이를 먹었지만 그 나이대로 전혀 보이지 않는다. 삼십 대에서 사십 대 정도의 연령으로 보였다.

그것도 단순하게 어려 보이는 수준이 아니라, 젊었을 적 미색이 고스란히 남아있어 여전히 아름다웠다.

또 팔짱을 끼거나, 손을 잡는 등 좀 적극적이긴 했으나 적당한 선을 지키기도 해서 좋았다.

'아아, 나도 오라버님에게 입맞춤하고 싶어.'

다만 이 부분은 파후달이 착각하고 있었다.

냉미려는 성욕이 없는 것이 아니다. 반대로 여타 북해의 여인들만큼 상당한 편에 속했다.

여태까지 첫 사랑을 잊지 못해서 주변의 남자들에게 관심이 없었을 뿐이다.

하지만 그 자제심이 파후달을 만나게 되면서 풀려버렸다.

많다 못해 넘치고 있거늘, 냉미려는 가까스로 성욕을 인내하고 또 인내하고 있었다.

'또다시 날 떠날까봐 두렵구나.'

냉미려에게 있어서 파후달은 세상 그 자체다. 인생의 모든 것이다. 그를 위해선 영혼까지 팔 수 있었다.

그에게 미움을 받고, 또 다시 자신의 곁에서 떠나게 된다면 어떻게 버틸 수 있을지 자신이 없었다.

그래서 미움을 받지 않도록 최대한 파후달의 기분을 살피고 과거의 일을 생각하며 눈치를 봤다.

어쨌거나, 냉미려의 속마음을 알건 모르건 간에 파후달은 이도 저도 아닌 태도로 그럭저럭 잘 지냈다.

이동 시간은 생각보다 길었다. 한 달을 좀 넘게 소비해서 두 달을 볼 때 즈음, 북입 마을에 도착했다.

하북의 최북단, 북해를 코앞에 둔 마을이었다.

중원에서 북해로 갔을 때와 달리 인원이 많았는지라 시간이 꽤 소비됐다.

북입 마을에 도착하고 여장을 풀고 있자, 개방도로 보이는 거지가 달려와서 인사했다.

"무당신룡을 뵙습니다."

거지의 눈에는 무한한 존경심이 담겨져 있었다. 공동대전 이후 무당신룡의 명성은 이미 전설이었다.

정파 무림 전체에서 진양을 존경하지 않는 사람을 찾기가 힘들다. 그 정도로 대단한 위명을 지녔다.

"전령이십니까?"

"예!"

개방도가 부복하며 공손하게 답했다.

"고생하셨습니다. 밥이나 먹으면서 이야기하죠."

밥이라는 말에 개방도가 반색하면서 좋아했다.

진양은 개방도를 데리고 근처 객점에서 고급 식단을 주문했고, 이를 본 개방도가 침을 질질 흘리며 좋아했다. 보는 눈만 없었다면 춤이라도 췄을지도 모른다.

북해에서 여행비로 자금을 두둑하게 받았고, 또 사절단 역시 빙궁에서부터 이곳 북입 마을까지 오느라 고생한지라 오늘만큼은 진수성찬을 차려 먹기로 했다.

"와! 이게 얼마만이야!"

사절단원들의 만면에 미소가 번졌다.

북입 마을의 음식은 북해 음식이 칠 할, 중원의 음식이 삼 할 정도다. 북해의 음식이 좀 더 많긴 했으나 사절단원들은 고향의 음식을 보곤 크게 반겼다.

빙궁에 있는 동안 나왔던 해산물이 마음에 들지 않았던 건 아니지만, 역시나 고향을 오랫동안 떠나오면 고향의 음식을 그리워하기 마련이었다.

북해 태생인 파후달도 중원에서 보낸 시간이 더 많아, 우습게도 입맛이 중원인에 맞춰져 있었다.

그 역시 반가운 듯 눈웃음을 지으면서 탁자 위에 올라온 음식들을 청소기처럼 흡입했다.

"호오, 해산물 외에는 처음 먹어보는군요."

풍정국이 호기심 어린 눈을 반짝였다. 그를 포함한 북해인들 역시 중원의 음식에 호기심을 보였다.

"평생 동안 지겹게 먹었던 걸 그리워하게 될 테니, 마지막으로 고향의 음식을 즐기는 게 좋을 게다."

냉미려가 풍정국과 설귀단 등 북해인들에게 적절한 조언을 했다.

과거에 소궁주로서 중원 무림을 떠돌아 다녔을 적, 몇 개월 정도 지내자 고향의 음식을 그리워했었다.

처음에는 전혀 보지 못한 음식들이 많아 신선하다는 등의 소감이 있었지만, 시간이 갈수록 생각이 달라졌다.

중원의 음식이 다양하고 맛있긴 하지만, 그래도 고향의 음식을 그리워하는 법이다.

풍정국이나 설귀단도 그 생각을 했는지, 중원의 음식보단 북해의 음식을 골라 먹었다.

"혹시 해서 묻는 말씀이지만, 전쟁은 일어나지 않았겠지요?"

중원을 떠나, 북해빙궁에 다녀오고 다시 이 경계의 땅으로 돌아오는 데 무려 반년이란 시간이 흘렀다.

원래라면 좀 더 빨랐어야 하지만 빙궁에서 남자들을 훈련시키는 등의 일이 있어서 시간을 좀 더 소비했다.

임무를 후딱 처리하고 돌아오려 했는데 그게 반대가 됐

다. 그래서 혹시 몰라 좀 걱정이 되긴 했다.

금의위인 관창이 일 년 정도의 시간은 벌 수 있을 것이라고 생각했지만, 그래도 혹시 모른다.

사람이란 건 미래를 정확히 알 수 없는 법. 어떤 변수로 인해 상황이 변했을지도 모르는 법이었다.

물론 눈앞에 전령인 개방도가 멀쩡하게 닭다리를 뜯는 걸 보면 적어도 정사대전은 일어나지 않은 듯했다.

"일어나지는 않았습니다. 다만, 그 전쟁으로 인해 분위기가 썩 좋지가 않습니다."

개방도가 입맛이 쓴 표정으로 이야기를 풀었다.

진양이 떠난 반 년 동안 중원 무림에선 갖가지 크고 작은 일이 있었다. 하지만 지금 당장 이 자리를 떠날 정도의 이야기는 아니었다.

역시나 제일 큰 사건이라면 마교의 잔당 소탕이다. 황제가 군사를 일으켰으니 당연히 눈에 띌 수밖에 없었다.

현재진행형인 상황이며, 황군은 별 문제 없이 마교의 잔당을 소탕하고 있었다. 그만큼 황제의 군대는 강했다.

이 일로 무림은 다시 한 번 관부와 관여되지 않는 편이 좋다는 것을 깨달았다.

아무리 마교가 힘이 있다고 해봤자, 황제의 군대를 이길 수는 없다. 저항을 좀 해봤으나 양에 밀려 사라졌다.

단체로 덤비려고 해도 수십만 개의 화살이 하늘을 까맣게 뒤덮이며 날아오는데 그걸 어떻게 처리하겠나.

'결국은 힘에 의해서 사라지게 되는 것인가.'

만약에 지옥에 있을 천마가 이 소식을 알게 되면 소리 높여 웃으면서 만족했을지도 모른다고 생각됐다.

"일 년 정도의 시간을 번 것은 좋았으나, 그만큼 사람들의 불안감도 늘어나고 있습니다. 사기 역시 대협이 떠나기 전과 비교하자면 떨어진 편입니다."

진양의 북해 행은 이미 전 무림에 퍼졌다.

무림육존만큼 주목을 받는 진양이다. 그가 무엇을 하고 있는지 궁금해 하는 사람이 많았다.

입단속을 했으나 역시나 숨길 수는 없었다. 숨기기에는 진양이 너무 유명했다.

어쨌거나 북해로 간 이유가 병력 지원을 위해서라는 것이 알려지자 정파인들은 불안감에 떨었다.

몇 백 년 동안 애매한 교류만을 유지했던 북해에게까지 손을 빌린다는 건 그만큼 전력이 부족하다는 의미였다. 그걸 생각하면 불안하지 않을 수가 없었다.

"이건 우스갯소리로 말씀드리는 것이지만, 대협께선 중원 무림에서 몇 번이나 죽었다가 부활하셨습니다."

"그게 무슨 소리입니까?"

"아무래도 북해에 계시니 연락이 잘 닿지 않지 않습니까? 그러다보니 터무니없는 소문이 좀 많았습니다."

주로 생사 상태에 대한 근거 없는 소문이 많았다.

북해의 추위를 버티지 못했다거나, 곰에게 먹혔다거나, 설산에서 조난을 당했다거나, 북해의 내전에 휘말려서 죽었다거나, 자객에게 암살을 당했다는 등의 소문이 정말 수도 없이 많았다.

물론 무림맹이나 무당파가 직접 나서서 연락을 지속적으로 취하고 있다고 공표했다. 그러나 그 노력에 불구하고도 소문을 좀처럼 잘 가라앉지 않았다.

더 이상 들리지 않도록 만들면 또 다른 곳에서 소문이 튀어나와, 결국은 무림맹도 포기에 이르렀다.

"사도련주는 머리를 정말로 잘 쓰는 자이지요."

백리선혜가 불쾌한 듯 눈썹을 구부렸다.

이건 추측이긴 하지만, 아마 이 소문이 끝까지 사라지지 않고 끊임없이 나온 건 사도련주의 짓일 것이다.

무림의 영웅, 그것도 병력을 지원을 받으러 간 자가 죽었다는 것이 알려지면 그 파급력은 크다.

실제로 한 번은 무림맹에 붙은 중소문파가 대거로 떨어져 나간 적도 있었다.

"흠."

"그 외에도……."

사도련주는 곧바로 전쟁에 돌입하지 못한 것에 매우 분노했으나, 그렇다고 이성을 잃은 건 아니었다.

화가 난 것과 다르게 재빨리 다음 행동으로 이어져 대계를 완성시키기 위해 열심히 움직였다.

첩보전의 중요한 점을 알고 있는지, 일단 진양을 비롯하여 영향을 가는 인물들을 위주로 헛소문을 터뜨렸다.

거기에 전력적으로 보아하나 사도련이 우세했던 덕분에 실제로 무림맹의 사기는 계속적으로 떨어졌다.

"음, 이런."

결론만 말하자면 사기가 떨어졌다, 떨어지지 않았다를 반복하고 있다.

그리고 다가올 정사대전에 아무래도 다들 불안감이 조성되어 분위기가 좋지 않았다.

"또한……."

북해에서 보냈던 서신은 모두 빠짐없이 무림맹에 무사히 전해졌다고 한다.

수혜사태와 제갈문은 할 말이 많으나, 서신에는 다 담을 수 없으니 이해해달라고 전했다.

그리곤 임무를 무사히 끝낸 것을 수고했다면서 안휘로 복귀하라는 명을 내렸다.

또한 제갈문은 진양이 임무를 수행하는 동안 무당파를 신경 쓸 것을 알고 무당파의 근황도 알려줬다.

특별한 문제는 없었다 하고, 그 세심한 배려에 무척 고마워했다.

“아, 그리고 하북지부에 도착하시면 모용세가의 소가주께서 기다리고 계실 겁니다.”

“모용 소협께서 말입니까?”

진양이 살짝 놀란 듯 눈을 크게 떴다. 모용중광이 자신을 기다리고 있다니, 한 번도 없었던 일이다.

“예. 다만 무슨 일로 기다리는지는 모르겠습니다. 무당 신룡 대협께 개인적으로 전해줄 말씀이 있다고 하더군요.”

“과연, 이해했습니다. 그 외에 전해주실 건 없습니까?”

“유령곡을 조심하라고 전해달라는 것이 마지막입니다.”

“과연.”

북해에서 유령을 개박살 냈으니, 분명 복수하러 돌아올 것이다. 참고로 유령곡의 자객들에게 살아남았다고 하자 제갈문이 매우 놀랍다고 서신을 보낸 적이 있었다.

유령곡이 괜히 무림 최고의 자객 단체로 불리는 게 아니다. 실제로 그들의 손에 화경의 고수가 암살당했다.

그런 그들이 의뢰뿐만 아니라, 복수를 위해서 올 것이라고 생각하니 몸이 긴장되기도 했다.

"그럼 오늘은 마음껏 드시고 가십시오."

"감사합니다, 대협!"

개방도가 환하게 웃으면서 다시 식사에 열중했다.

참고로 나이불문하고 남자에 환장하던 북해인들은 신기하게도 개방도에게 만큼은 관심을 보이지 않았다.

그걸 보니 궁금증이 절로 들었다. 반 년 동안 지내면서 북해의 여인들이 얼마나 남자에 환장했는지, 또 어떤 사회 문제까지 불러들였는지 알고 있어서다.

그래서 파후달에게 물어보려고 했는데, 그 옆에 있던 냉미려가 대신 답해주었다.

"북해인이 성적으로 좀 문란하다곤 하지만, 그렇다고 위생을 신경 쓰지 않는 건 아닐세. 아니, 반대로 문란하기에 더더욱 신경 써야 할 일이지. 그렇지 않아도 인구가 적지 않는가."

냉미려의 대답에 진양은 상당히 놀라워하고, 또 신기해했다.

원래 이 시대 사람들에게 위생이란 개념은 미약한 편이다. 세균에 대해 설명해도 이해하지 못한다.

요리하는 공간만큼은 그래도 어느 정도 위생을 지키지만, 그 외에는 좀 애매한 편이었다.

아예 안 씻거나, 한 달 주기라거나 하는 수준은 아니다. 그래도 현대인 입장에선 신경 쓰지 않는 편이었다.

그러고 보니 북해에서 생활할 때도 준수한 시설의 욕탕이 구비되어 있던 걸 보니 이해가 갔다.

즉, 아무리 남자에 환장한들 위생에는 철저하다는 것. 개방도에게 관심을 보이지 않는 것도 그런 이유였다.

애초에 이곳은 중원이니 굳이 개방도가 아니더라도 좀 더 좋은 남자를 찾을 수 있지 않는가?

무엇보다 근처에 무림맹 사절단원들도 있고 말이다.

“흠, 그것보다 무림맹이라.”

냉미려가 잠시 회상에 잠긴 표정을 지었다.

“무림맹도 참으로 많이 변했어. 설마하니 무공도 그다지 강하지 않은 수혜사태를 맹주로 추대할 줄이야.”

내전으로 인해 냉미려가 바쁘긴 했으나, 그래도 쭉 중원의 상황을 지켜보고 있었다. 아니, 반대로 침공을 위해서라도 좀 더 세세하게 알아봐야만 했다.

정마대전도 처음부터 끝까지 구경했었고, 검성이 사망했다는 소식에 깜짝 놀라기도 했다.

“검존 그 양반이 그렇게 목숨을 잃을지는 몰랐어.”

“전대 무림맹주님과는 알고 계시는 사이였습니까?”

“아니, 간접적으로 알 뿐일세. 내 사부님께서 알고 계셨지. 그 다음은 사매가 알고 지냈고.”

참고로 정사대전은 이전에도 한 번 있었다. 대략 반세기 전, 지무악이 등장해 이름을 날리게 됐을 때다.

다만 그때는 아직 냉미려의 스승이 북해궁주였고, 또 정사대전이 일어났는데 미쳤다고 중원에 소궁주 후보를 보낼 리도 없었다. 지원 병력도 당연히 없었다.

전쟁이 끝난 이후, 그녀의 스승이 사망한 뒤에 사매가 북해궁주에 오르게 됐다.

무림맹주와의 교류는 대부분 북해궁주가 도맡아 해왔기에 냉미려와 지무악은 서로 이름만 알고 있었다.

"뭐, 어쨌거나 다시 한 번 생각하지만 정말로 신기할 따름이야."

냉미려는 중원이 여성을 어떻게 대하는지 잘 알고 있다. 중원과 북해는 성별이 완벽하게 역전됐다.

그 말인즉슨, 건강하지도 않은 북해의 남자가 북해궁주에 오르는 것과 같았다. 그렇기에 신기해하는 것이다.

"그렇게 이해가 안 가십니까?"

"두말하면 잔소리일세. 솔직히 그 소식을 듣고 나뿐만 아니라 사매를 포함하여 장로들 전체가 경악했네."

그건 나름대로 중원을 이해하고 있는 자들조차 마찬가지였다. 그만큼 파격적인 조치였다.

"아니, 애초에 무공이 그다지 강하지 않는 자를 무림맹주에 올리다니 — 그게 제정신인가? 의도를 모르는 건 아니지만, 역시나 그건 미친 짓일세."

냉미려의 모습은 어찌 보면 당연한 일이었다.

아무리 마교의 교리를 부정한다, 무림맹의 입장이 곤란하다곤 해도 수혜사태가 무림맹주에 오른 건 위험성이 너무 크다. 그 도박에 박수를 쳐줄 정도였다.

북해 역시 힘의 논리가 상당히 적용되는 곳이다. 마교만큼은 아니지만, 척박하다보니 힘을 중요시하는 편에 속했다. 북해인들 역시 '남자를 손에 넣으려면 강해야한다.'라고 생각하곤 했다.

"흥, 얼마나 머저리 같은 얼굴을 하고 있을지 궁금했는데 마침 잘됐어."

냉미려가 파후달에게만 헌신적이고 부드러우며 한없이 상냥하지만, 그 외에는 전혀 아니다.

알다시피 냉혹무도한 편이고, 또 급진파의 수장답게 성질머리도 상당한 편에 속했다.

좌흉나찰이라 불린 한추설만큼 막 나가지는 않지만 냉미려 역시 보통이 아닌 편에 속했다.

"누군가를 희생하지 않고, 평화롭게 만들겠다니. 무림은 그런 게 통할 정도로 호락호락하지 않네. 아니, 애초에 통했다면 이미 이 세상에 전쟁 따위는 없었겠지."

냉미려가 신랄하게 수혜사태를 비난했다.

그도 그럴 것이, 냉미려는 애초에 북해의 미적지근한 태도조차도 마음에 들지 않아서 내전을 일으켰다.

움직이지 않고, 두렵다면서 누군가를 빼앗지 않는다거나 하는 등의 태도를 마음에 들지 않아했다.

감정을 절제하고, 이성적인 사고방식으로 최대한의 효율은 찾는 편인 냉미려다. 기본적으로 맞지 않았다.

"……미리 말씀드리지만, 싸울 생각은 눈곱만큼도 하지 마시오."

파후달이 눈을 가늘게 뜨곤 냉미려를 쳐다봤다. 눈동자에서는 불안감이 묻어났다.

하북지부장 입장에서 무림맹주는 하늘 그 자체다. 혹시라도 냉미려가 앞뒤 안 가리고 시비라도 걸 것이 마음에 걸렸다.

"설마 제가 그러겠어요? 오라버니. 걱정마세요. 오라버님이 싫어하시는 짓은 결코 하지 않는답니다."

냉미려가 정말 딴 사람처럼 말투와 태도를 바꾸곤 파후달에게 앵겨붙어서 뺨에 팔을 대고 비비적거렸다.

다른 여자들이 본다면 파후달을 보고 '자존심도 없는 놈!' 라면서 손가락질을 하겠지만, 냉미려는 아니다.

파후달이 아부를 잘하건 말건 그건 상관없었다. 냉미려에게 있어 파후달은 농담이 아니라 신이나 마찬가지였다.

하얀 걸 보고 검다고 하면 검다고 생각한다.

'못 살겠군.'

*　　*　　*

개방도의 확인으로 인해 진양이 임무를 끝내고 하북 근처에 도착했다는 소식은 전국으로 알려졌다.

"좋아, 이제 좀 안정해지겠군."

서신을 쥔 제갈문이 만족스럽게 웃었다.

그동안 무림제일의 영웅의 생사로 인해서 정말 많은 말이 있었다.

그걸로 중소문파가 떨어졌다가 다시 붙어졌다가가 반복됐다.

전쟁 영웅의 존재는 확실히 정치적으로도 또 전세적으로도 도움이 됐다. 하지만, 영웅은 곧 양날의 검이기도 했다.

이번처럼 북해에 갔을 때 오랫동안 연락이 잘 되지도 않고, 행적도 보이지 않는다면 문제가 된다.

강호를 돌아다니면 보는 사람이라도 있지, 북해에 갔으니 대부분이 소식에도 믿지 않는 눈치였다.

하지만 이제 중원에 도착한 것이 확인됐고 목격자도 속속히 나타날 테니 더 이상 헛소문은 걱정할 필요는 없었다.

"그가 생각 이상으로의 성과를 내서 정말로 다행이군요."

수혜사태가 피곤한 듯, 관자놀이를 손가락으로 꾹꾹 누르면서 소견을 꺼냈다.

신임 맹주로 추대된 수혜사태는 생각보다는 일을 잘하는 편이었다.

확실히 무공만 보자면 맹주에 오를 자격은 없었다. 그러나 행정 능력이 상당한 편이었다.

무엇보다 사기적인 것은 역시나 부처에 가까운 지명도와 인성이었다. 이거 하나만으로 전국의 숨어있던 인재들이나 은거고수가 오기도 했다.

특히나 불안한 민심으로 인해 개판인 곳을 잠깐 들리거나 서신만 보내도 상당히 안정됐다.

거기에다가 수혜사태는 딱히 게으름을 피우지도 않았다. 아니, 반대로 곁에서 보좌하는 사람들이 걱정할 정도로 일을 열심히 했다.

조금이라도 정파의 상황을 좋게 만들기 위해서 바쁘게 움직였다.

눈 밑에 끼인 검은 기미가 그 증거다. 피부도 좀 푸석푸석해진 상태였다. 최근에 잠을 잘 못 잤다.

제갈문은 솔직히 말해서 수혜사태가 이렇게까지 뛰어난 능력과 결과를 불러들일지는 몰랐다.

아니, 한 사람이 이런 영향력을 끼치고 있는 것 자체가 신기하고 대단하였다.

전선에 진양이 있다면 중앙에는 수혜사태가 있다고 자신 있게 말할 수 있을 정도였다.

"북해궁주, 보검주, 북풍대, 설귀단 — 그 외에 모두 합해서 약 만여 명 정도의 지원이라니……."

내전이 끝난 이후라면 당연히 북해궁주는 참전하지 못한다. 아니, 그 외에 병력도 마찬가지다.

빙궁 내부 자체만을 정리하는 데만 해도 바쁠 텐데, 지원 병력을 그렇게 보내다니.

"제 추측이긴 합니다만, 이유는 두 가지 일겁니다."

"그게 무엇이지요?"

"우선, 첫 번째는 북해빙궁의 권력이 오직 궁주에게만 쏠려있기 때문입니다. 전대의 북해궁주가 빙정을 흡수했을 때 능력 면이나 인맥 면으로 높았던 냉미려가 쉽게 물러난 것도 그 이유지요."

인공빙정이 괜히 북해제일의 비보가 아니다.

일정한 경지에만 오르면 빙정을 흡수하는 것만으로 절대고수의 경지에 올려준다. 그것 자체가 힘이다.

아니, 애초에 북해는 중앙집권 형태다. 이번 냉미려의 반란 자체가 무척 기형적이라 할 수 있었다.

第八章

오호도주(斷門刀主)

즉, 인공빙정만 흡수한다면 북해제일의 권력을 손에 넣을 수 있다는 뜻이었다. 아예 저항심 자체를 무의미하게 만들 수 있었다.

수혜사태는 '과연' 하고 감탄하면서 나머지 한 가지 연유를 물었다.

"아마도 합법적으로 남자들을 데려오기 위해서일 겁니다."

제갈문의 대답에 수혜사태는 다시 한 번 머리를 주억거리며 수긍했다.

어차피 무당신룡에게 큰 빚을 져서 지원 병력을 보내게

된 것, 이득도 함께 취하기로 했다.

바로 북해빙궁에서 식량보다 귀한 남자들이었다.

전쟁이 끝나서 무림인과 눈이라도 맞게 된다면 그건 상당한 이득이다. 팔파일방처럼 대문파 출신이 아닌 자를 북해로 데려간다면 큰 이득이었다.

물론 그 과정이 쉽지만은 않겠지만, 그래도 현재 북해빙궁의 암울한 성비를 어느 정도 맞출 수 있었다.

아무래도 북해궁주 냉약빙이 머리를 써서 남자에 눈이 먼 여자들을 설득해 움직인 모양.

그 덕에 어지러운 내부 사정을 단번에 휘어잡을 수 있었다.

"그럼 얼른 이 희소식을 알리도록 하지요."

"예, 알겠습니다."

*　　*　　*

발 없는 말이 천리를 간다고, 무당신룡의 무림 귀환 소식은 빛보다 빠른 속도로 퍼졌다.

이제 곧 있을 정사대전의 위기에 사기가 떨어질 때로 떨어진 정파는 이 소식에 환하게 웃었고, 사파는 혀를 차면서 거짓말이 아니냐며 믿지 않아했다. 그들 입장에서 무당신룡의 귀환은 전혀 달갑지 않았다.

그러나 이번에는 하북에서 목격자도 여럿 나왔던 덕분에, 소문은 진실로 판명됐다.

"양이가 괜찮을까?"

사제의 귀환 소식에 진연은 걱정부터 앞섰다.

"뭐가요?"

소미가 혹시 하는 마음으로 물었다. 이 조금 글러먹은 미인이 어떤 생각을 하고 있을지가 궁금했다.

"내가 안 본 사이에 여자들과 막 놀아났다거나, 혹은 덮침을 당했거나 한 건 아니겠지?"

"……언니, 또 그 소리인가요. 전에도 말했다시피 진 공자님은 고수시잖아요. 설사 북해의 여인들이 덮친다고 해봤자 그냥 당할 리가 없는걸요."

"하지만 북해의 여자들이 가슴이 그렇게 크다던데……."

진연이 걱정하는 건 자신의 사제에게 걸어둔 제약이었다. 그게 발동 되서 혹여나 넘어갔을지 걱정됐다.

"북해의 여자들도 키는 크지 않다고 하잖아요."

"어머나, 그랬지. 내가 괜한 걱정을 했구나."

진연은 뺨에 손을 대고 방긋 웃었다. 그 미소에 주변에 있던 남자들이 가슴을 부여잡고 뒤로 쓰러졌다.

"임무가 있으니 무당산으로 바로 오지 않고 무림맹에

들렸다가 오겠지…… 좋아, 그럼 양이가 와서 곧바로 배를 채울 수 있도록 얼마든지 준비해야겠구나."

진연은 주먹을 불끈 쥐면서 부드럽게 미소 지었다. 준비하는 것 자체로도 상당히 즐거워 보였다.

"저도 도와드려도 괜찮을까요?"

어떤 식단을 짤까 고민하고 있을 때, 옆에서 누군가가 고개를 내밀면서 끼어들었다.

이에 소미는 흠칫 놀랐다가 안도의 한숨을 내쉬었다.

처음엔 '어떤 미친년이 대놓고 언니 앞에서 양 공자님께 꼬리를 치는 발언을 하는가?' 라고 기겁했었다.

그러나 그 인물이 곧 몇 개월 전, 무한에서 찾아온 송화라는 걸 깨닫게 되곤 안심할 수 있었다.

송화는 전 황궁숙수였던 송직모의 딸이다.

그리고 송직모는 동시에 전대의 조리원주였던 청솔의 몇 없는 벗이었다.

아무리 진연이라고 해도 존경하기 그지없는 사부의 친한 벗의 딸을 함부로 대할 수 없었다.

아니, 애초에 그럴 필요가 없었다. 송화는 설사 진양과 가까이서 친하게 지낸다 하여도, 그 진연이 전혀 신경 쓰지 않아하는 인물이기도 했다.

'작으니까.'

송화가 이곳 무당산에 왔을 때, 사용인은 물론이고 무당파의 제자들의 눈을 끌 정도로의 미모를 자랑했다.

그러나 조금 아쉬운 겸이 있다면, 봉긋 솟은 가슴이다. 또 체구도 왜소한 만큼 키도 작은 편이었다.

진양의 이상형 조건에 하나도 들어가지 않다보니, 진연은 송화를 경계하기는커녕 친동생처럼 대해줬다.

"응, 물론이야. 너의 도움이라면 얼마든지 받고 싶은 심경인걸. 정말 마음씨도 곱지."

실제로 진연은 송화가 돕겠다는 말에 반색하면서 방긋 웃었다.

송화에게 요리를 가르친 건 한때 황궁숙수였던 송직모다. 요리 실력이 나쁠 리가 없었다.

사부인 청솔조차도 송직모와 맞수가 되지 않는다.

농담이 아니라 진연은 송화에게 배우기도 했다.

물론 그렇다고 진연의 요리 실력이 별로라는 건 아니었다. 명색의 조리원주만큼 상당한 편에 속했다.

다만 송직모 밑에서 배운 송화가 너무 굉장한 것일 뿐.

"사저, 전 뭐 도울 것 없습니까? 조금 있으면 올 사형을 위해서 저도 뭔가 해주고 싶습니다."

병풍처럼 서 있던 서교가 다가와서 물었다. 그래도 여태껏 무당산에 지내면서 말투 교정을 열심히 한 덕분인지,

예전처럼 존대와 반말이 섞인 괴랄한 말투는 많이 없어진 상태였다.

"사매, 잘 들으렴. 여기서부터는 숙수들의 전쟁터야. 아무리 사매라고 해도 여기에 끼어 들 수는 없단다."

진연이 눈웃음 지은 채로 자상한 목소리로 사근사근 말했다. 초기에는 좀 투닥투닥거리긴 했으나, 그래도 사형제간의 정이 들었는지 그 목소리는 부드러웠다.

"하지만 그렇다고 실망하지는 말려무나. 양이가 떠난 동안 네가 얼마나 열심히 수련했는지 나중에 보여주면 되지 않겠니? 그러니 뭘 보여줄지 고민하는 것도 나쁘지 않은 것이라고 생각한단다."

"과연, 이해했습니다. 역시나 사저입니다. 가르침에 감사하는 바입니다."

서교가 감탄하면서 공손한 태도로 인사했다. 사형이 떠난 동안 자신을 가르쳐 준 것은 다름 아닌 그녀였는지라, 마음 깊숙한 곳부터 존경심이 우러러 나왔다.

"흠."

한편, 그 광경을 지켜보는 사람이 있었다. 송화의 아버지인 송직모였다.

아무리 무당파라고 해도 눈에 넣어도 안 아플 딸을 혼자 보낼 리 없는 송직모다.

당연하다시피 송화가 무당파에 오른다고 하면 따라왔다. 진미객점이야 어차피 자기 밑에서 배우겠다는 숙수들에게 맡기면 그만이었다.

어쨌거나, 송직모도 딸에 의해서 무당파에 온 지도 제법 시간이 흘렀다.

처음에 청솔을 봤을 때는 어색해하면서 미안해했다.

예전에 인탈방의 일로 제자를 보내줘서 도움까지 줬거늘, 자신은 서신으로만 감사 인사를 할 뿐 얼굴 한 번 비춰서 감사하다고 말한 적이 없었다.

이에 청솔은 슬며시 웃으면서 그렇게 미안해 할 필요 없다면서 시원스레 넘겼다.

"친우 사이에 뭘 그렇게 미안해하나. 자네 사정은 나 역시 잘 알고 있었네. 서신에도 그렇게 적지 않았나. 거기에 비법 조리법 몇 가지도 내놓지 않았는가. 그거면 충분해."

변명을 좀 더 한다면 다 쓰러져가던 진미객점을 바로 잡고, 또 얼마 뒤에 터진 정마대전에 휘말려서 보따리를 싸들고 다시 새로 자리를 잡느라 눈썹 빠지게 바빴다.

허나 그렇다고 송직모는 은혜를 바쁘다는 이유만으로 잊을 만한 사람은 아니었다.

그래서 서신으로 대신해서 나름대로 감사와 사과 인사까지 했으며, 그 표시로 여러 가지 보답을 했다.

"그렇게 생각해 준다면 정말로 다행일세. 고맙네."

송직모가 머리를 긁적이면서 안도의 한숨을 쉬었다. 표정을 보아하니 살짝 걱정했던 모양이었다.

"자네 제자 소식에 다들 떠들썩하구먼. 하기야, 무림 제일의 영웅이 귀환하니 그럴 만도 하지."

"하하."

웬만하면 감정 표현을 하지 않던 청솔도 몇 없는 벗과 대화를 나누는 것이 즐거운지 그답지 않게 호탕한 웃음을 지었다. 주변을 지나가던 시동들이 그걸 보고 놀랐다.

"솔직히 말해서, 자네 밑에서 그런 제자가 나올 줄은 몰랐네. 처음에 그를 봤을 때 좀 놀랐어. 아, 그리고 딱히 비꼬는 것은 아니니 오해하지 말게나."

청솔은 일찍이 무도를 버리고 식도를 걷게 됐다. 무인으로서의 삶을 포기했다.

송직모도 그 사실을 알고 있기에, 당연히 그의 제자도 무인이 아닐 것이라 생각했다.

숙수의 제자는 숙수니까.

그래서 청솔이 도움을 준다고 해도 무당파에서 알고 지내는 무인들을 보내줄 줄 알았다.

그런데 놀랍게도 제자를 직접 보내왔고, 심지어 식도가 아니라 무도를 걷는 자였다. 거기에다가 상식에서 벗어날 정도로 무지막지하게 강했다. 놀라지 않는 것이 이상했다.

또한 시간이 흘러 이 제자는 무림에서 괴물이나 영웅이라 불리며, 이름을 떨치게 됐다. 그게 무당신룡이다.

"놀라는 것도 무리가 아닐세."

청솔이 머리를 좌우로 절레절레 흔들었다.

"내가 뭘 했겠나, 그 아이가 스스로의 길을 선택해서 갈고 닦은 끝에 알아서 오른 걸세."

"허어, 그 스승에 그 제자라더니만…… 겸손 떠는 모습이 아주 똑같군, 똑같아……."

그 누구도 아니고, 천하의 무당신룡의 스승이다. 콧대를 세우며 자랑해도 누가 뭐라 하지 않는다.

실제로 무림에서도 청솔에 대한 이름은 널리 알려진 상태였다. 그 명성도가 웬만한 일류 무인 못지않게 상당했는데, 전혀 이상한 것이 아니었다.

무림제일의 영웅이자 고수를 키우지 않았는가. 그것만으로도 충분했다.

게다가 이는 진양이 한몫하기도 했다. 사부인 청솔을 그 누구보다 존경하고 있기 때문에, 어디 가서 심심하면 스승에 대한 찬양을 꺼내곤 했다.

그리고 그걸 들은 강호인들이 '무당신룡을 가르친 사람은 무당일장만큼 위인이다.' 라면서 떠들어댔다.

소문은 부풀려지는 법, 정신을 차리고 보니 청솔은 장문인 다음으로 존경받는 무당파의 어르신이 됐다.

"후우, 그나저나 정마대전이 끝난 지 별로 되지도 않았거늘 정사대전이라니, 정말이지 무림인이라는 자들은 질리지도 않는 모양이군 그래."

송직모의 얼굴에 암운이 끼었다. 표정이 그다지 좋지만은 못했다.

무림인은 그렇다 쳐도, 송직모처럼 무림인이 아닌 자들 입장에선 정사대전은 그다지 좋지 못했다.

일반 백성이라고 피해를 입지 않는 것이 아니니까.

"오늘처럼 평화가 영원했으면 좋겠군 그래."

송직모가 차를 한 모금 마셨다. 입에서 느껴지는 차 맛이 씁쓸했다.

"이 세상에 영원한 평화란 없네."

"허, 그렇다면 계속해서 피를 흘려야한단 말인가. 다함께 모여서 맛있는 거나 먹으며 하하호호 어울려 지내면 좋을 것을…… 덧없는 꿈이로구나."

송직모도 자신이 말한 바가 어이없는 듯, 헛웃음을 흘렸다. 청솔이 그런 송직모를 보고 말을 이었다.

"나도 그러기를 원하네만, 어쩔 수 없지 않는가."

"어쩔 수 없어?"

"그래. 대화로 해결이 가능했던 일이라면, 전쟁 따위는 일어나지 않았을 걸세. 서로 양보하지 않고, 이해할 수 없으니, 이러한 분쟁이 일어나는 것이지. 어쩔 수 없는 일일세."

"하, 결국 힘으로 해결한다는 소리가 아닌가. 천마가 남긴 말대로 무림, 아니 이 세상은 흘러가는군."

송직모도 공동대전에 대해서 잘 알고 있었다. 그만큼 천마가 남긴 발언은 중원 전체에 영향을 끼쳤다.

괜히 황제가 직접 움직여서 마교 소탕에 나선 것이 아니었다. 그만큼 그 사상은 압도적인 영향력을 끼쳤다.

"어쩌면, 나는 그 현실이 싫어서 도망쳤을지도 모르지. 잔혹하고 무섭고, 강자만이 살아남는…… 세상에서."

청솔은 김이 모락모락 피어오르는 차를 손에 대곤, 머리를 들어서 하늘을 올려다봤다.

* * *

"무당신룡이 돌아왔다고?"

"예, 그렇습니다."

"쯧."

사도련주는 혀를 차면서 인상을 구겼다.

그가 살아 돌아올 줄은 알았으나, 막상 돌아오니 짜증이 솟구쳤다. 내심 빙궁의 내전에 휘말려서 죽기를 바랐다. 하지만 일이 그리 쉽게 풀릴 리가 없었다.

원하는 대로 이루어진다면 이미 중원 무림을 지배했다.

"어떻게 처리하면 되겠습니까?"

야율종이 사도련주의 눈치를 보면서 물었다. 기분이 안 좋을 때는 조심하는 게 상책이다.

그의 물음에 사도련주는 턱을 매만지면서 잠시 동안 생각에 잠겼다. 그리곤 이내 머리를 좌우로 흔들었다.

"쩝, 됐다. 움직임만 포착하고 그냥 놔둬라."

"과연, 이해했습니다."

야율종은 사도련주에 가려지긴 했으나, 그래도 사도련의 두뇌라 불리는 자다. 머리가 상당히 좋았다.

그 덕에 사도련주가 뭘 의도하는지 금방 이해할 수 있었다.

무당신룡은 북해에서 무려 반년을 넘도록 임무를 수행하느라 피곤에 지친 상태다.

어찌 보면 습격에 최적이라 할 수 있다고 있지만, 이걸 아는 건 사도련뿐만이 아니다. 무림맹도 안다.

무림맹에게 있어 무당신룡이라는 존재는 이미 개개인의 무인 수준이 아니라 일종의 상징이기도 하다. 상징이 지치고 힘들어, 자칫 잘못했다간 암습에 당할지도 모르는데 그걸 그냥 둘 리가 없었다.

분명히 만반의 준비를 하고 삼엄한 경계를 할 터. 게다가 정보에 의하면 냉미려까지 호위로 붙었다 한다.

화경의 고수가 둘이나 있으니, 쉽게 어찌할 수가 없다. 전력을 투입해도 쓸데없이 소비하는 꼴밖에 되지 않았다.

"유령곡에 연락이라 넣어 놔라. 그놈들이 무당신룡의 목을 치려고 날을 갈아놨으니까."

팔 할, 아니 구 할 구 푼 이상 임무 성공률을 자랑하던 유령곡이다. 아무리 중원 바깥이라고 해도 나름 정예를 투입시켰는데 목숨은커녕 내상하나 입히지 못했다.

게다가 무당신룡 목에 걸렸던 의뢰금까지 배로 사도련에 갚느라 유령곡의 재정 상태는 말이 아니었다.

덕분에 그 복수감은 머리끝까지 차 오른 상태이며, 일순위 살상 대상이 바로 무당신룡 진양이었다.

사도련주 입장에선 나쁘지 않은 편이었다. 의뢰금도 배로 회수했고, 유령곡이란 힘을 얻게 됐다.

비록 그 목적이 진양 하나라곤 하지만 그것만으로도 든든하고 상당한 도움이 된다.

"흐, 어쩌면 유령곡주가 움직일지도 모르겠어."

사도련주가 음흉하게 웃었다. 비록 황궁의 개입으로 인

해 전쟁이 일 년이나 미뤄졌지만, 아직까지도 전세를 손에 쥔 것은 사파였다.

"존명!"

야율종이 부복한 채로 그림자 속으로 사라졌다.

무림맹 사절단은 하북지부에 도착했다. 약 반 년 만에 고향(?)으로 되돌아온 파후달이 무척이나 좋아했다.

"으하하하, 내가 돌아왔다!"

파후달이 살덩어리를 흔들리며 마음껏 웃어댔다. 냉미려가 그의 뒷모습을 몽롱하게 쳐다보며 중얼거렸다.

"멋져요, 오라버니……."

저 정도면 이젠 중증이다. 콩깍지가 끼어도 너무 끼었다. 그 모습을 지켜보던 사람들이 혀를 찰 정도였다.

"어서 오시오."

출입구에 들어서자마자 한 눈에 봐도 범상치 않은 체구를 지닌 중년남이 우람한 어깨를 자랑하며 나타났다.

부리부리한 눈매, 고집스럽게 닫힌 입술, 불만이 묻어나는 표정, 전체적으로 성나 보이는 느낌이 묻어난다.

그를 본 파후달이 흠칫 놀랐다.

"아니, 가주님께서 어언 일로 여기에……?"

'가주?'

하북에서 파후달이 가주라 부를 사람은 별로 없다.

일행은 중년남의 신분을 쉽게 유추할 수 있었다.

'오호도주(斷門刀主), 팽산명(彭算命)!'

팽산명은 일도양단과 견줄 정도로의 도법의 고수다. 아니, 도법의 고수보다는 하북팽가의 가주로 유명했다.

그가 저번에 만난 하북팽가의 소가주였던 팽지괄의 친아버지이자 일도양단과 척을 진 하북팽가주였다.

가전무공인 오호단문도를 대성한 동시에 가주에 오른 덕에, 오호도주라는 별호가 붙었다.

"음, 자네가 자리를 비운 사이에 내가 대신해서 하북지부장을 겸직하고 있었네."

이상한 일은 아니다. 지부장이 일시적으로 비웠을 경우, 근처에 있는 대문파의 수장들이 대신하곤 한다.

"인수인계는 내일 할 예정이니, 오늘은 좀 쉬도록 하게나."

"신경 써 주셔서 감사합니다."

파후달이 고민했다가, 언제나처럼 예의 굽실거리는 자세로 손바닥을 비벼대며 공손하게 인사했다.

그의 입장에선 팽산명을 어떻게 대할지가 참으로 곤란했다.

하북을 떠나기 전 사절단을 알아보지 못한 머저리 소가

주 팽지괄로 인해서 소란이 일어났었다.

당시 파후달은 보다 높고 안전한 권력과 인맥을 만들기 위해서 팽가의 연을 끊고 무당신룡에 붙었다.

허나 그렇다고 팽산명을 모른 척할 수는 없는 노릇이었다.

일단 오대세가 중 하나인 팽가의 가주인 이상, 그 앞에서 무례를 범했다간 그냥 넘어가진 않는다.

아무리 무당신룡의 위광이 높다곤 해도 하북팽가의 주인을 무시하기는 힘들었다.

참고로 어색한 건 파후달뿐만이 아니라, 사절단 입장에서도 마찬가지였다. 그들도 소가주와 한판 했었다.

"오호도주, 오랜만에 뵙는군요."

그 어색한 분위기를 눈치 챈 냉미려가 눈치 빠르게 나서서 자연스럽게 인사를 건넸다.

"허어, 그대는……."

팽산명이 아는 체를 하면서 감탄사를 흘렸다.

북해빙궁의 소궁주들은 대부분 중원으로 처음으로 출두할 때 이곳 하북에 들려 간단한 안내를 받는다.

대부분 그 안내는 하북지부장이 맡거나, 혹은 하북세가가 맡게 된다. 약간의 교류가 있는 편이었다.

냉미려 역시 어릴 적에 하북에 들린 적이 있었고, 당시에 소가주였던 팽산명과 짧게나마 어울린 적 있었다.

"미리 말해두지만 본녀에게는 정인이 있으니, 넘보지 않는 것이 좋을 거요."

냉미려가 차가운 눈길로 표정 변화 하나 없이 뻔뻔하게 발언했다.

"커, 커헉!"

그 무례한 발언에 옆에 있던 파후달이 기겁했다.

"콜록! 콜록!"

하북지부의 무림맹 무사도, 사절단원들도 한꺼번에 당황했다. 다들 표정이 그다지 좋지 않았다.

'무, 무슨 짓이야?'

자신의 미모에 대한 자신감은 그렇다 쳐도, 무례도 이런 무례가 없었다. 기가 막힐 정도였다.

아니, 애초에 상대를 봐가면서 말해야 한다.

안 그래도 다혈질로 알려진 하북팽가다. 그만큼 성질이 얼마나 급하고 단순하고, 고약한지 알 수 있었다.

그건 나이가 많건 적건 간에 통용되는 사실이었다. 쉽게 말하면 성격이 대대로 지랄 맞았다.

"크흐흐흠!"

'어라?'

그런데 이게 웬일, 팽산명은 화를 내기는커녕 곤란한 듯 뒤통수를 긁적이며 어쩔 줄 몰라 했다. 그리고 크흠, 크흠 하고 계속 헛기침을 흘리면서 냉미려에게 말했다.

"냉 소저, 젊은 날에 했던 행동으로 너무 그러지 마시오. 자칫 잘못하면 남들이 오해하겠소. 난 지금 자식도 있는 몸이니 그런 일은 없을 거요."

'아, 과연.'

팽산명의 태도와 말을 들은 진양은 속으로 이해한 듯 머리를 끄덕였다.

냉미려는 지금 봐도 깜짝 놀랄 정도로 곱다. 나이를 먹었는데도 이 정도 아름답다면 굉장한 것이다.

당연히 젊었을 적에는 입이 떡 벌어질 정도로 미녀였을 것이니, 아마 강호에 나와서 여러 남자 홀렸을 것이다. 아마 그중에는 팽산명도 포함되어 있었던 모양이다.

"헌데, 방금 정인이라고 했소?"

"네에."

냉미려가 파후달의 팔을 슬며시 끌어안으면서 부드럽게 웃었다. 그 웃음을 본 팽산명이 경악했다.

"허……허허, 허허허!"

팽산명이 허탈한 웃음을 흘렸다. 할 말을 잃은 얼굴이었다.

'누구나 그렇게 생각하겠지.'

이 자리에 있는 모두가 동시에 생각했다.

솔직히 말해서 파후달이 남자로서 매력적이라면 묻는다면, 당연히 '아니다' 다.

저 살덩어리는 보기만 해도 답답해 보이고, 또 성격도 비굴하다보니 비호감에 속한다.

한때 무림의 후기지수들이 쫓아다녔던 그녀가 저런 남자에게 넘어갔으니, 어이없을 만도 했다.

"좀 더 이야기를 나누고 싶으나, 아무래도 더 이상 붙잡고 있는 건 예의가 아닌 것 같구려. 다들 안에 가서 푹 쉬도록 하시오. 나머지 이야기는 내일 듣겠소."

다르게 말하자면 아들 일도 내일 이야기를 하겠다는 의미였다.

'쉽게 넘어갈 생각은 없겠지.'

그냥 넘어가면 피곤하지 좋겠지만, 팽산명의 눈에 어린 은은한 노기를 보면 결코 아니었다.

그래도 적어도 북입 마을에서 이곳 하북지부까지 쉬지 않고 달려온 것을 신경 써 주는 것은 만족했다.

일행은 팽산명의 배려 덕에 하북지부에서 여장을 풀고 편히 쉴 수 있었다.

특히 원래 지부장이었던 파후달은 여전히 귀신같은 아부 솜씨를 발휘하며 진양에게 개인 욕탕까지 내줬다.

"아이고, 대협. 그동안 얼마나 고생 많으셨습니까. 필요하면 불러만 주십시오. 뭐든지 대령하겠나이다!"

'대협은 아마 오래 머물지 않고 안휘로 돌아갈 터, 그렇다면 그 사이에 눈도장을 조금 더 찍어야한다.'

정사대전을 앞에 두었으니 더더욱 하북에서 벗어날 수 없었다. 지부장은 지부장이 할 일이 있었다.

팽산명은 어디까지나 겸직일 뿐이다. 정말 중요할 때는 하북팽가를 지휘하느라 바쁘다.

마음 같아선 끝까지 따라가서 콩고물이라도 얻어먹고 싶었지만 상황상 그러지 못하니 어쩔 수 없었다.

'결코 이대로 보내줄 수는 없지!'

북해에 가기 전에도 진양은 무조건적으로 찬양하고 아부하면서 눈치를 봐야할 인물이었다.

그러나 지금은 그 이상으로 또 성장했다.

북해에 가서 당당히 임무를 성공했을 뿐더러, 생각 이상으로 도움 약속까지 받아 실적을 쌓았다.

공적만으로 좀 과장해서 무림맹주와 비교해도 전혀 지지 않을 정도라 할 수 있었다.

만약 그가 무림맹에 가서 '하북지부장이 있었기에 일이 수월하게 풀렸다.'라고 한 마디 정도만 던진다면 자신의 출세는 이미 정해진 것이나 마찬가지였다.

“그렇다면 자리 좀 비워주시겠습니까. 아무래도 손님이 있는 모양입니다.”

“예?”

파후달이 머리를 옆으로 살짝 기울였다. 영문을 모르겠다는 표정이었다.

드르륵

그게 무슨 소리냐고 물어보려는 순간, 문이 열리면서 누군가가 들어왔다. 시원시원하게 잘생긴 남자였다.

“오랜만입니다, 모용 소협.”

진양이 옅게 웃으면서 미남자에게 인사를 건넸다.

“양 소협, 오랜만에 뵙습니다. 생각보다 신수가 훤하셔서 다행입니다. 하하하.”

모용중광이 하얀 이를 드러내면서 씩 웃었다.

‘모용중광! 모용세가의 소가주!’

파후달은 하마터면 양 팔을 벌려 환호성을 내뱉을 뻔했다.

다양한 인맥을 갖고 싶었지만, 근처에는 성질 나쁜 하북팽가밖에 없어서 어쩔 수 없이 연을 잇고 있었다.

게다가 하북팽가의 일족은 죄다 자존심이 어찌나 강한지, 누굴 소개 시켜달라고 하면 눈을 부릅뜨면서 ‘아니 우리가 있는데 뭐가 부족하다는 거요?’ 라고 정색하기도 했다. 참으로 피곤한 일족이었다.

어쨌거나, 후기지수 중에서도 검룡이라 칭해지며 정마대전에서도 그 이름을 날렸던 모용중광이 왔다.

第九章

검룡승천(劍龍昇天)

파후달은 모용중광에게 괜찮은 인상을 남기기 위해서라도 미리 인사한 뒤에 나갔다.

물론 나가기 전에 하북지부장이라는 말은 빼먹지 않고 남기고 갔다.

"그동안 잘 지내셨습니까?"

모용중광이 부드럽게 웃으면서 먼저 안부를 물었다.

"고생했습니다."

이에 진양이 멋쩍게 웃으면서 답했다.

"괜찮다면 무슨 일이 있었는지 들을 수 있겠습니까?"

"그 정도야 별 거 아니지요. 얼마든지 말해드릴 수 있습니다."

정말로 오랜만에 편한 상대를 만났다.

안휘를 떠나서 북해에 다녀오고, 하북에 다시 돌아올 때까지 동행인 중에서 친한 사람은 솔직히 없었다.

백리선혜와는 과거와 연이 있었긴 해도, 툭 까놓고 말하자면 마음을 아주 편히 놓을 수 있는 상대는 아니었다. 파후달이나 사절단은 두말할 것도 없었다.

그에 반면 모용중광은 좀 달랐다. 용봉비무대회 때부터 시작된 인연이 깊게 이어져와, 마음도 편안했다.

그동안 화경의 고수라고는 해도 완전하게 경계심을 풀 수는 없는 노릇이었기에, 이렇게 믿을 수 있는 사람이 있으니 한껏 풀어질 수 있었다.

"허, 북해가 그런 곳이었습니까. 참으로 기이하군요."

북해에서의 일을 전해들은 모용중광이 감탄했다.

모용세가가 있는 요녕 역시 중원과 좀 떨어져, 하북과 함께 북해와 가깝다고 하지만 자세한 것은 모른다.

애초에 북해와 교역이 있는 곳은 하북이기도 하고 해서 교류가 그렇게까지 많지가 않았다.

"저도 처음에 정말 당황했습니다. 아마 모용 소협께서 가신다면 정말로 굉장한 환영을 받을 겁니다."

잘생겼고, 성격 좋고, 무공도 좋다. 거기에다가 곧 있으면 모용세가의 가주가 된다. 최고의 신랑감이었다.

"하하하, 괜찮습니다. 솔직히 말씀드리자면 아까 전에 여기에 오면서 북해의 여인들을 몇몇 봤습니다. 그녀들의 눈을 보니 꼭 제가 잡아먹힐 것 같더군요."

여자들에게 신사처럼 친절하기로 소문난 모용중광조차도 북해의 여인들에게는 학을 떼는 모양이었다.

"헌데, 모용 소협께서 하북에서 절 기다리셨다고 들었습니다. 무슨 일이라도 있습니까?"

정사대전을 앞둔 이상, 모용중광은 더 이상 함부로 움직일 수 있는 신분이 아니었다.

만약 전쟁 도중에 모용세가의 가주가 사망하게 된다면 자연스레 다음 대 가주는 모용중광이 된다.

그렇다면 그대로 지휘권을 물려받아서 가솔들을 책임져야하기 때문에, 웬만하면 외출은 삼가는 게 좋았다.

진양은 그 점을 의아하게 여기며 질문했고, 이에 모용중광은 별일 아니라는 듯 설명했다.

"천하의 무당신룡 대협이 정사대전을 앞두고 중원으로 복귀했는데, 호위 없이 무림맹으로 보낼 수는 없지 않습니까. 그러니 제가 보좌하러 왔습니다."

"너무하십니다, 모용 소협. 무당신룡 대협이라니요."

진양이 부끄러운 듯 뺨을 긁적이면서 모용중광에게 슬

며시 핀잔을 주었다.

"하하하. 양 소협께서는 정말로 겸손하시구려. 말로만 그런 게 아니라, 정말로 싫어하시는 것 같습니다."

모용중광이 무릎을 탁 치면서 시원스레 웃었다.

"그래서, 정말로 여기에서 절 기다리신 이유가 무엇입니까?"

모용중광의 말이 틀린 건 아니지만, 그렇다고 가주로 내정된 소가주가 호위를 하는 건 좀 이상하다.

굳이 그가 아니더라도 다른 사람을 보내면 그만이었다. 모용중광이 결코 직접 올 이유가 되지는 않는다.

그 진지한 질문에 모용중광은 앞에 놓인 차를 한 모금 마시더니만, 자리에서 슬쩍 일어났다.

"양 소협, 괜찮다면 저와 좀 어울려주시겠습니까."

"어울리다면……?"

모용중광이 말없이 허리춤에 매단 검의 손잡이를 검지로 툭툭 두들겼다. 그걸 본 진양이 '아' 하고 고개를 끄덕이면서 모용중광을 따라 나갔다.

방을 나오자 미리 대기하고 있던 시녀들이 허리를 깊이 숙여 인사했다. 뺨에는 홍조로 가득했다.

'어머나, 이게 무슨 횡재람.'

'무당신룡뿐만 아니라 모용의 검룡까지 보다니!'

'하아, 내가 미쳐. 죽어도 좋아.'

진양의 인기야 정말로 두말할 것도 없지만, 모용중광의 인기 역시 이 나이 대 남자 중에선 독보적이었다.

일단 얼굴만 해도 웬만한 여자보다 아름답다고 하여 무림제일미남이라 부르는 사람이 있을 정도였다.

그런 두 사람을 동시에 한 자리에서 볼 수 있게 되었으니 시녀들 입장에선 지금 당장 소리를 지르며 바깥으로 뛰쳐나가도 할 말이 없는 것이었다.

"하북지부장님께서 저를 위해 연무장을 준비해 주셨던 걸로 기억하는데, 괜찮다면 안내해 주시겠습니까?"

"네, 네!"

"이쪽으로 오시지요!"

시녀들이 잔뜩 흥분한 얼굴로 진양과 모용중광을 안내했다. 원래는 지부장 전용으로 쓰는 연무장이지만, 때때로 이렇게 귀빈을 위해서 내놓아 주기도 한다.

진양은 연무장에 도착하자마자 혹시 몰라 시녀들에게 한동안 접근을 금해달라고 전달하였다.

그리고 시녀들까지 떠나가자, 모용중광이 허리춤에 맨 검을 매끄럽게 뽑으면서 적극적으로 나섰다.

"그럼 먼저 가겠습니다."

"좋습니다."

모용중광이 어떤 의도를 지닌지 궁금했다.

그러나 가끔씩 무인 중에선 말로 하는 것보다, 일단은 한 판 붙으면서 감정을 전하는 성향이 있었다.

물론 모용중광은 솔직히 말해서 호전적이지 않고, 대화를 먼저 하는 성향이었다. 그렇기에 더더욱 궁금증이 솟아났다.

"하앗!"

모용중광이 제일 먼저 지면을 박차고 몸을 날렸다. 헌데 그 속도가 범상치 않았다.

'혹시.'

그 속도감에 진양은 놀라운 듯 눈을 동그랗게 떴다.

파아앗!

모용중광의 검이 빛줄기를 남기면서 대기를 가르고 매섭게 찔러왔다.

이에 진양은 침착하게 몸을 뒤로 뺀 뒤, 태극권의 유의 성질로 검을 받아 흘렸다.

피할까 생각도 했었으나, 검의 속도가 너무 빠르다. 모용세가의 검법은 특히나 빠르기로 유명하다.

전에 용봉비무대회에서도 모용중광의 검이 워낙 빨라서 애를 먹었던 기억이 남았다.

"하아아앗!"

모용중광이 기합을 터뜨리면서 계속해서 극쾌의 검법을 보여주었다. 하나, 둘, 셋, 넷, 다섯, 여섯 일곱!

총 일곱 번의 검이 연달아서 무시무시한 속도로 날아와 눈앞을 어지럽게 만들었다.

'대단하다!'

모용세가의 빠름은 예전부터 보통이 아니라고 생각했지만, 설마하니 이 정도일 줄은 몰랐다.

'흘리기도 좀 힘들다.'

무당파 무공 특징 중 흘림은 곧 절대적인 수비식에 가까운 성질이나 마찬가지다. 강함이건 무거움이건 패도건 간에 부드럽게 감싸 안아서 흘릴 수 있었다.

괜히 남존무당이 아니다. 유구한 세월 동안 소림과 함께 이름을 날릴 수 있었던 그만큼 강하기 때문이었다.

허나 그렇다고 무적은 아니다. 이 세상에 완벽한 것은 없는 법이었다.

아무리 부드러움으로 공격의 흐름을 안아서 흘려버릴 수 있다고 한들, 압도적인 빠르기 앞에선 문제가 된다.

애초에 흘리려면 접촉해야 하는데, 접촉을 할 수 없으니 발생하는 일이었다.

물론 그렇다고 쾌(快)에 유(流)가 아예 통하지 않는 건 아니다. 어디까지나 좀 불리하다는 의미였다.

이 상성은 경지나 내공으로 어떻게 상대할 수 있었다.

감각조차도 속일 수 있는 빠르기라면, 내공을 무식하게 때려 박아서 감각을 높이면 된다. 경지까지 높다면 기본적은 능력이 우수하니 어떻게 처리할 수 있다.

하지만 지금은 전혀 그러지가 않았다. 모용중광의 공격은 여전히 매섭고 위험하고 빨랐다.

'그렇다는 의미는……!'

원래는 가벼운 비무라는 생각으로 상대하려고 했다.

하지만 무언가를 눈치챈 진양은 그 마음을 버리고 좀 더 힘을 주었다.

단전에서 내공을 끌어 올리고, 몸에 힘을 잔뜩 주어 신체 능력을 높였다.

그러자 자연스레 힘에 실리는 내공도 상당히 늘었다. 진양은 기를 담아 면장을 이용해 손바닥을 휘둘렀다.

쿠와아아앙!

손바닥이 검면에 충돌하면서 충격파를 형성했다. 연무장에 뿌려진 자갈들이 가볍게 흔들렸다.

"역시나……!"

꽤나 상당한 공력을 집어넣었다. 그런데도 모용중광은 흔들림 하나 없었다.

충격에 검을 쥔 손이 조금 풀어지기도 마련인데, 여전히 자기 손인 마냥 꼭 잡고 있었다. 그뿐만 아니라 표정에도 변화 하나 없었다. 마치 즐기는 듯했다.

그런 모용중광의 얼굴에 떠오른 걸 보고 진양은 봐주지 않겠다는 듯, 씨익 웃으면서 강기를 끌어올렸다.

'십단금!'

강기를 담아서 일장을 날렸다. 아까와 비교도 할 수 없을 만큼 막강한 장격이 모용중광을 덮친다.

"후읍!"

모용중광은 강기를 보고 전혀 당황하지 않았다.

반대로 기다렸다는 듯이 숨을 깊게 들이쉬고, 검에 다시 한 번 힘을 주었다.

파츠츠츠츳!

그리고, 또 하나의 강기가 나타난다. 아직 피지 않았던 꽃이 개화하면서 모용중광의 눈에 빛이 흘러나왔다.

모용중광은 천재다. 그건 틀림이 없다.

무공적인 재능뿐만이 아니다. 그는 게으른 천재가 아니다. 노력하는 천재였다.

겸손한 태도를 비롯해서 항상 자신의 부족함을 알고 있었다. 거기에 소가주라는 신분에, 그 권력에 결코 사로잡히지 않고 열심히 정진했다.

비록 진양이 상당한 운과, 그리고 현대인이라는 특이한

사고방식을 가지지 않았다면 무림제일의 영웅은 아마 모용중광이 차지했을 것이다.

모용중광 역시, 비록 천마나 사도련주 그리고 진연과 비교하면 부족하나 상당한 재능의 소유자였다.

그리고 모용세가의 차기 가주는 — 서른도 되지 않았으나 강기를 손에 넣어 화경의 경지에 올랐다.

모용중광은 분경의 묘리가 섞어 날아오는 패도적인 장격을 무서워하지 않고 검강으로 대응했다.

콰아아아앙!

강기와 강기가 충돌하면서 거센 폭풍우를 만들었다. 연무장 바깥에서 대기하던 무림맹 무사들이 깜짝 놀랐다. 거리가 있는데도 충격파가 여기까지 날아왔다.

마음 같아선 달려가서 확인하고 싶었으나, 시녀가 '무슨 일이 있어도 방해하지 말라.' 라는 말을 남겨서 확인할 수가 없었다.

한편, 손바닥과 검으로 마주보고 있는 진양과 모용중광은 서로를 쳐다보면서 씨익 웃었다.

진양은 대단하다는 듯 감탄사를 흘리며 모용중광을 칭찬했다.

"도대체 언제 화경에 오르신 겁니까. 그리고 내력도 상당하군요. 하복부가 짜릿짜릿 아파옵니다."

"하하하, 절 너무 띄어주는 것 아닙니까. 전 거의 전력을 냈는데도 양 소협께서는 멀쩡하시군요."

"과찬이십니다."

모용중광은 소가주인 만큼, 그리고 또 재능이 있는 만큼 어릴 적부터 모용세가에서 상당한 지원을 받았다.

그렇다면 영약도 상당히 먹었을 것이니, 당연히 내공이 많을 수밖에 없다.

"바로 얼마 전에 올랐습니다. 그리고 이 힘을 확실하게 알고 싶어서 양 소협을 찾아왔습니다."

"어쩐지 모용 소협께서 왜 비무부터 신청하시나 했습니다. 화경에 오르신 것, 진심으로 축하드립니다."

다시 한 번 말하지만, 화경이 그렇게 쉽게 오를 수 있는 경지가 아니었다.

만나는 사람마다 화경이 아닌가 싶었지만, 일단 진양의 동년배 사이에서 화경의 고수는 단 한 명도 없다.

대부분이 적어도 삼십 대 후반, 기본은 마흔 이상 되는 사람들뿐이었다. 냉약빙과 한추설의 나이는 정확히 알지는 못하나 그래도 실상 중년은 가까운 걸로 안다.

괜히 진양이 화경에 올랐을 때, 북사호법 복인홍과 더불어 무림인들이 경악한 게 아니었다.

정파에서 또 한 명의 화경의 신진 고수가 탄생하다니!

그것도 무소속도 아닌 모용세가의 차기 가주가 될 몸이다. 축제를 열어도 전혀 부족하지 않은 일이었다.

"이거야 원, 축배를 들여야겠군요. 잠시만 기다려주시겠습니까."

진양은 모용중광에게 양해를 구한 뒤, 연무장을 빠져나가 근처에 대기하고 있던 시녀들을 불렀다.

이에 방금 전 충격파에 불안하여 어쩔 줄 몰라 하던 시녀들이 환한 안색으로 얼른 다가왔다.

"약주 좀 하려 합니다. 하북지부장께는 제가 나중에 말씀드릴 테니 제일 괜찮은 걸로 부탁드립니다."

"알겠습니다, 대협. 안주상까지 차려올까요?"

"아니오, 괜찮습니다. 많게 마시지는 않을 겁니다."

"네에."

시녀가 허리를 숙여 인사한 뒤 바깥으로 나갔다.

그리고 근처에서 이야기를 듣고 있던 무림맹 무사 중 한 명이 그 뒤를 따라갔다.

"넌 여기서 기다리거라."

무림맹 무사의 말에 시녀가 이해한 듯 머리를 끄덕였다.

'무당신룡과 모용검룡을 기다리게 할 수는 없지.'

무사는 감각 있게도 먼저 발 빠르게 움직여, 술 창고로 찾아가 귀한 술을 받아오곤 시녀에게 전했다.

"대협들께 전해 주거라. 그리고 분위기가 좋다면 내 이름 또한 거론하는 걸 잊지 말고. 잘만 전해 준다면 내 너에게 상을 내리마."

"네, 소협."

역시 파후달 수하 아니랄까봐, 아부 실력 또한 상당했다. 무엇보다 더 대단한 건 연무장과 일정한 거리를 두고 시녀에게 전해 주었다는 것이다.

고수라면 일정한 거리에 있어도 조용히 속삭이는 것 또한 들을 수 있다는 걸 알고 있기에, 혹시라도 일부러 시녀에게 명령했다는 걸 들키지 않으려고 손을 썼다.

시녀는 무사에게 술을 받곤, 다시 진양에게 찾아가서 공손하게 건네주었다.

누구누구가 대협들을 기다리게 하고 싶지 않다며, 자기를 도와 같이 찾아줬다는 걸 조심스레 언급해줬다.

아부에는 진저리가 나있는 진양이나, 어릴 적부터 그런 분위기에 익숙한 모용중광은 알겠다고 넘겼다.

여하튼, 두 무인은 연무장 중앙에 정좌로 앉아서 서로의 술잔을 채워주었다.

"화경에 오르신 기분은 어떠십니까."

그동안 만났던 화경의 고수는 대부분이 적수였다. 그러다보니 한가하게 대화를 나눌 수 없었다.

적수가 아니었던 냉약빙의 경우에는 깊이 나눌 수 있는 성격으로 보이진 않았고, 한추설은 무공이고 뭐고 항상 유혹해 오는 걸 막느라 진땀이 났다.

그래서 그런지 모용중광과 이렇게 앉아서 한가하게 이야기를 나눌 수 있는 것은 무척 반가운 일이었다.

특히나 자신 다음으로 화경에 오른 무인은 처음이지 않은가.

비유가 조금 이상하긴 하지만 마치 전생에서 이등병으로 오랫동안 지내다가 처음으로 후임을 받아 반가운 기분이었다.

"그동안 보이지 못한 걸 봤습니다. 새로운 것을 봤습니다."

절정과 초절정 사이에는 벽이 있다.

그리고 초절정과 화경의 사이에는 정말 깊이를 알 수 없을 정도로의 고차원적인 벽이 존재한다.

그만큼 화경이란 경지는 새롭고, 또 대단했다.

"어떤 걸 보았습니까?"

미리 알고 있는 걸 묻는 것이 아니다.

화경의 깨달음은 각각 다르다. 육존들이 절대고수의 경지에 오르면서 각자 다른 걸 얻는 것처럼, 화경 역시 얻는 깨달음은 다양하고 해석도 달랐다.

그래서 진양은 꼭 자신 외의 화경의 고수와 만나서 예전부터 그에 대한 것에 묻고 싶었다.

"글쎄요. 뭐라 답하기가 그렇습니다. 하하하."

모용중광이 머쓱하게 웃으면서 술잔을 올렸다.

둘은 서로를 마주보곤 이내 술을 입 안에 털어 넣었다. 확실히 좋은 술을 가져온 듯, 상당한 느낌이 났다.

원래부터 위에 있었는 듯, 식도를 부드럽게 넘어가면서 청량한 느낌을 나게 했다.

좀 독하긴 했으나, 그렇다고 싸구려 술처럼 온몸이 타들어갈 정도로 맛없는 독함이 아니었다.

오장육부를 모두 씻어내 듯한 느낌이랄까. 확실히 값비싼 술 같았다.

"음, 이건 또 처음 먹어보는 술이군요. 나중에 지부장님께 한 번 여쭤봐야겠습니다."

모용중광은 상당히 마음에 든 듯 만족스럽게 웃었다.

진양이야 도사이다보니 술을 그다지 마시지 않는 편이지만, 모용중광은 그렇지 않다.

아무래도 소가주이다보니 교류를 위해서 이리저리 불림을 받아 술을 마시면서 즐기게 됐다.

"괜찮다면 양 소협 먼저 말씀해주실 수 있겠습니까?"

"그다지 어려운 일이 아니지요."

만약에 그가 아직 화경에 오르지 않았더라면 말하는데 주저하다가 이내 거부했을 것이다.

이건 딱히 깨달음을 나눠주기가 아깝다, 라거나 하는 것이 아니다. 지식을 독식하기 위해서도 아니었다.

고수의 가르침은 자칫 잘못하면 양날의 검이 되기 때문이었다.

확실히 고수의 조언은 하나하나가 중요하고 또 도움이 된다. 그 말을 듣고 경지를 높이는 자도 여럿 있다.

하지만 그게 꼭 무조건적인 것만은 아니다. 가르침을 제대로 자신의 것으로 만들려면 조건을 필요로 한다.

일단 어느 정도 비슷한 무공의 성질이여야 한다.

예를 들어서 소림사의 승려에게 도가무학의 철학을 가르친다고 쳐보자. 그러면 과연 깨달음을 얻을까?

물론 도움이 아주 되지 않는 것은 아니었으나, 일단 기본적으로 근원은 좀 닮아야 하지 않겠는가.

최악으로, 완전히 다른 무공에 대한 이해관념이 서로 충돌하게 되면서 주화입마를 일으킬 수가 있다.

그 외에도 운이나 해석 차이 등등 다양한 요인이 적용된다.

일단 도가무학을 공부한 진양과 전혀 다른 모용세가만의 무공을 연공한 모용중광이다. 견해가 좀 많이 다를 수가 있으니, 섣불리 알려줄 수가 없었다.

무엇보다 화경 이상부터의 가르침은 정말로 큰 독이 된다.

무공의 해석이란 건 다양하고, 상승의 경지에 오르는 방법도 다양한 법이다.

그런데 화경의 고수가 알려준 걸, 자신의 상승이니 무조건 그 말이 맞을 거라며 거기에 집착할 수가 있었다.

모용중광은 천재이기도 하고 머리도 비상한 자이니 그럴 확률은 없겠지만 그래도 혹시 모르는 일이었다.

"죽음을 보았습니다."

진양이 술잔을 살짝 기울였다. 반투명하게 맺힌 술이 일렁이면서 영롱한 빛을 내뿜었다.

"죽음…… 말입니까?"

모용중광이 호기심 어린 눈으로 되물었다.

"예. 복인흥에게 사자(死者)에 대해 느끼고 이해하게 됐으며 — 거기에서 음을 보았습니다."

"무에 대한 해석은 제한이 없으며 다양하다는 말이 와닿는군요."

모용중광은 전혀 다른 방법으로 화경에 올랐다는 걸 간접적으로 말하였다.

"음 — 저의 경우, 빠름(快)을 추구한 결과 이 경지에 오를 수 있었습니다."

"빠름, 말이십니까?"

"예."

모용중광이 고개를 끄덕였다. 그리곤 진양과 눈을 맞춰서 다시 술을 한 잔 마시곤 빈 잔을 채웠다.

"섬광분운검에 대해서 아십니까?"

"모용세가의 절기이자 가전무공이라는 정도입니다. 그리고 극쾌의 검법이란 것도 알지요."

"잘 알고 계시군요."

"한때 모용세가의 소가주께서 바로 옆에 계시기도 했고, 용봉비무대회 때 절 곤란하게 만들지 않았습니까. 모를 리가 없지요."

섬광이 구름을 가릴 정도로의 빠른 쾌검.

이름에도 알 수 있다시피 오직 빠름에만 맞춰져있다.

"정사대전을 앞두고 힘을 길러야 할 필요가 있다고 생각했습니다. 그래서 그 섬광분운검을 휘두르며, 구름을 가르기 위해 정진하고 또 정진했습니다."

천재가 노력을 하면 무섭다. 그건 전생이건 현생이건 알 수 있는 사실이었다.

모용중광을 보면 항상 감탄밖에 나오지 않는다. 적당히 해도 괴물인데, 노력까지 하니 더 괴물이다.

특히 성실하기로 소문난 모용중광이기에, 노력했다는 건 정말 엄청나게 했다는 의미였다.

"처음에는 강해지고 싶다는 생각이었습니다. 하지만 시간이 갈수록 생각이 좀 바뀌었습니다. 강해지기보다는, 빨라지기로 했지요."

좀 더 빠르고, 누구보다 빨라지고 싶다.

검을 휘둘렀다. 좀 더 빠르게 휘두르고 싶었다.

달렸다. 좀 더 빠르게 달리고 싶었다.

경지를 좀 더 빠르게 높이고 싶었다.

어쩌면 그 욕망과 마음이 도움이 될 수도 있을지 모른다.

언젠가 정신을 차리고 보니 자신은 속도에 집착하기 시작하게 됐고, 검의 속력을 늘리기 위해 노력하는 걸 볼 수 있었다.

보통 집착이 되면 광기로 변질되거나, 그 외에도 무언가가 이상하게 변하기 마련이다.

하지만 모용중광만큼은 달랐다. 어찌나 사람이 잘 되어 있고, 완벽한지 또 올바르게 빠져들었다.

슈슈슈슉!

그리고 언젠가 한 번, 딱 한 번.

검을 내질렀는데 소리가 나지 않았다. 그래서 무엇인가

하고 고개를 갸웃거린 순간.

검이 다 내지른 자세 그대로, 소리가 났다.

'설마하니 음속이라고?'

이야기를 들은 진양은 입을 떡 벌렸다. 경악하는 것도 전혀 이상한 게 아니다. 당연한 일이었다.

음속은 사람이 낼 수 있는 게 아니다. 아무리 단 한 번밖에 하지 못했지만, 인간을 넘어선 경지다.

아니 도대체 얼마나 빠르기에 소리보다 빠르게 검을 내지를 수 있다니. 경이적이었다.

"헌데 정신을 차리고 보니까 온몸이 만신창이었습니다. 뼈가 부러진 건 물론이고, 근육도 찢어졌더군요."

'그러지 않는 게 이상하지.'

사람의 몸으로 음속을 냈는데 멀쩡하면 그거야말로 머리를 갸웃거릴 만한 일이다.

아무리 무공이 만능이라고 해도 그걸 하려면 적어도 화경은 넘어야한다.

"치료하는 데 애를 먹긴 했지만, 상관없었습니다. 그때 제 몸으로 행한 것을 다시 한 번 성공시키려했지만, 할 수는 없었습니다. 대신에 이것을 얻었죠."

모용중광이 눈을 껌뻑이며 검을 들었다. 푸르스름하게 맺힌 강기가 보였다.

'맙소사. 정말로 사기잖아! 이래서 천재들은!'

진양은 하마터면 이런 불합리에 소리를 꽥 하고 지를 뻔했다.

모용중광이 말한 경지는 화경이 아니다. 그가 보고, 또 몸으로 보였던 건 무림육존의 경지다.

절대고수의 경지에 올라야 할 수 있는 걸 화경도 아닌 초절정으로 보였으니 몸이 남아날 리가 없었다.

아니 애초에 그걸 한 것 자체가 기적이었다. 이해할 수 없는 상황이었다.

하지만 모용중광은 그걸 해냈다. 정말 답이 없을 정도로의 천재다. 왠지 모를 불공평함을 느끼게 됐다.

'어쩌면 이자에 의해서 육존은 칠존으로 늘어날지도 모르겠어.'

그만큼 모용중광의 경험은 굉장한 것이었다.

비록 일순간이긴 했으나, 해 본 것과 모르는 것은 전혀 다르다. 중년이 되면 오를 확률이 높았다.

第十章

필요필불(必要必不)

"뭐, 그 정도입니다."

"정말 대단 하십……응?"

이야기가 그럭저럭 마무리되자, 진양은 의문을 느꼈다. 모용중광과 이야기하면서 뭔가가 마음에 걸렸다.

'아, 그러고 보니.'

"왜 그렇습니까?"

모용중광이 그 의문을 눈치채곤 물었다.

"아니…… 모용 소협, 뭔가 말투가 변하지 않았습니까?"

모용중광은 자신에게 이렇게까지 존칭을 하지 않았다. 하오체로 대화하는 사이였다.

워낙 오랜만에 만나서 신경을 쓰지 못했고, 또 모용중광이 비무부터 하자는 말에 깜빡 잊고 있었다.

"하하하, 무당신룡이니 저에게 존칭을 받는 건 당연하지 않습니까. 그보다 눈치채는 것이 늦으시는군요."

"또 절 놀리시는 겁니까. 부탁이니 예전부터 좀 대해주십시오. 몸이 근질거려서 버티지 못합니다."

진양이 못 살겠다는 듯, 이마를 손가락으로 짚곤 머리를 좌우로 흔들었다.

그 모습을 본 모용중광이 끌끌끌, 하고 조금 애늙은이처럼 웃으면서 만족스런 표정을 지었다.

"그 누가 천하의 영웅을 놀릴 수 있겠습니까. 내 이 맛에 삽니다."

모용중광도 가만 보면 안 그럴 것 같은데, 짓궂기도 하고 능글거리기도 했다. 그 점이 싫지는 않았다.

'누님이 말씀하신 대로군.'

도연홍은 항상 모용중광을 보면 뺀질이라거나, 속에 여우를 품고 있다곤 투덜거리곤 했다.

특히나 예전에 도연홍에게 장난을 쳤을 때 '중광이 놈과 어울리더니만 기어코!' 라고 말했었다.

"알겠소. 그럼 내 예전처럼 대하도록 하겠소."

"그거면 됐습니다."

진양이 고개를 주억거렸다.

"어허, 이거 양 소협께서 날 섭섭하게 하시는군. 먼저 말을 꺼냈으면, 그 사람도 실천해야 하지 않겠소?"

"그러나 이제 모용세가의 가주가 되실……."

"어허."

아무리 무림에서 영웅이라 칭송받을 수 있다곤 해도, 신분만 보자면 모용중광이 훨씬 높다.

오대세가의 소가주이기도 하고 이제 곧 가주가 될 인물이니 그 차이는 하늘과 땅 차이라 할 수 있었다.

비록 진양이 전대 조리원주의 제자이고, 또 현재의 조리원주의 사제라고 해봤자다.

사실은 무당파에서 딱히 이렇다 할 직책을 지닌 것이 아닌지라, 강호의 배분을 생각하면 낮았다.

"양 소협. 그간 우리의 연이 짧다고는 말할 수 없지 않소? 그걸 생각해서라도 좀 부탁하오."

진양이 동년배에서 친우가 몇 없듯이, 모용중광도 마찬가지였다.

대부분 자신에게 다가오는 이들은 속셈이 뻔한 자들밖에 없었다. 모용세가라는 뒷배경을 노린 자였다.

그러다보니 누가 다가와도 머릿속으로 생각하면서 이들은 무엇을 노릴까 하고 생각할 수밖에 없었다.

그래서인지 진실적으로 친해진 것인지도 헷갈렸다. 그러나 진양만큼은 달랐다.

모용세가의 소가주가 아니라, 모용중광이라는 자신을 바라봐줬다. 무엇보다 그 역시 명성이 범상치 않은 덕에 자신처럼 비슷한 걸 느꼈을 거라 생각했다.

부디 이 남자만큼은 자신에게 좀 더 편하게, 그리고 진실 된 모습을 보여주기를 원했다.

"……알았네. 내 그러지."

진양이 어쩔 수 없다는 듯이 웃었다가.

"아니, 차라리 날 양 형이라고 부르는 건 어떤가?"

라고 물었다.

그러자 모용중광이 눈을 동그랗게 떴다가, 이내 호탕한 웃음을 흘리면서 좋아했다.

"암, 그러지. 내 얼마든지 그렇게 부르겠네."

*　　*　　*

하북지부에서는 그다지 오래 머물지 않기로 했다.

일단 얼른 무당파로 돌아가기 싶기도 하고, 무림맹에서도 목을 내민 채로 기다리고 있어서 그렇다.

"남으시는 겁니까?"

떠나기 전, 진양이 냉미려에게 물었다.

"당연하지."

냉미려가 고개를 주억거렸다. 앞으로 무슨 일이 있건 간에 파후달의 곁에서 떠날 생각은 없었다.

"당신께서는 어떻게 하실 생각입니까?"

진양이 머리를 돌려 설귀단의 단주, 동예에게 물었다. 그 물음에 동예가 상당히 곤란한 듯 침음을 흘렸다.

"으음."

동예뿐만이 아니었다. 다른 설귀단원들도 그랬다.

원래부터 빙옥 출신에 문제가 되는 이들을 제외하곤, 설귀단원은 냉미려에게 충성을 맹세하고 따라다녔다.

그렇다고 이대로 남기도 곤란했다.

설귀단 없이 북해인들을 그대로 무림맹에 보낸다면, 통제하기도 힘들고 여러모로 문제가 생길지도 모른다.

일단은 북해궁주가 끝까지 책임을 지라고 명령을 내렸으니, 어떻게 해야 할 지가 참으로 애매했다.

"끄응……."

"난 신경 쓰지 말고 가거라. 어차피 내가 없어도 네가 모두 통제할 수 있지 않느냐."

냉미려가 부드럽게 미소 지으면서 동예를 쳐다봤다. 그게 꼭 하산하는 제자를 보는 듯한 스승의 모습이었다.

그 웃음을 본 동예가 으엑, 하고 싫은 티를 팍팍 내면서 말했다.

"참나, 어색하게 왜 그러세요."

"흥. 격려를 해줘도 지랄이니……쯧쯧."

냉미려가 금세 차가운 표정으로 돌아가며 혀를 찼다.

허나 동예는 그 모습이 익숙해서 그런 듯, 반대로 안심하는 얼굴로 무언가를 떨쳐낼 수 있었다.

"어차피 정사대전이 일어나면 다시 볼 얼굴이니, 아쉬워할 것도 없겠군요. 무당신룡을 따라가겠습니다."

"안 돼!"

송유한과 비명을 질렀다.

"다시 한 번 생각하십시오! 소저!"

다른 무림맹 사절단원도 비슷한 반응이었다. 다들 창백한 안색으로 비명을 지르듯이 소리를 질렀다.

"아래로 내려가면 내려 갈수록 기후도 더워집니다! 어쩌면 열사병에 걸려 쓰러질 수도 있단 말입니다!"

'처절하다…….'

진양이 혀를 차면서 사절단원들을 쳐다봤다.

송유한은 비롯한 그들은, 북해에서부터 여기에 머무르는 도중까지 북해인들에게 시달림을 받았다.

정기란 정기는 다 빨려서, 심각하게 죽는 것은 아닐까

걱정할 정도로의 밤을 보냈다.

한 사람에게 두 번에서 세 번 뽑히는 것도 문제인데, 무려 세 명씩이나 북해인들이 찾아왔다.

또한 범죄자 출신의 무사들은 항상 눈을 빛내면서 먹잇감을 노리는 눈동자로 쳐다보기만 했다.

만약 여기에 내버려두고 간다면 그 지옥을 피할 수 있거늘, 어째 그렇게 할 수 없게 됐다.

"날 그렇게 생각해 주다니 정말 고맙구나."

동예가 착각을 한 것인지 아니면 다 알면서도 아닌 척하는 건지는 모르겠으나 씩 하고 불길하게 웃었다.

그리곤 송유한에게 다가가서 그를 품 안에 안기곤, 가슴을 슬쩍 주무르면서 음흉하게 웃었다.

"흐흐흐, 평소에 싫다고 하더니만 몸은 참으로 솔직한 모양이야. 나의 조교가 통한건가."

"그게 대체 뭔 소리요! 닥치시오, 소저!"

송유한이 진심으로 싫어하는 기색을 내보였다.

"정인이 혹시라도 타지의 기후 때문에 쓰러질 것 같아봐 걱정을 하다니, 정말 귀엽구나. 내 특별히 오늘밤 네가 싫다고 해도 선계로 보낼 수 있도록 노력하마!"

"히이이익!"

송유한이 몸을 부들부들 떨면서 동예에게 떨어졌다. 그

걸 본 동예가 허리를 젖히면서 호탕하게 웃었다.

"하하하, 사람들이 많다고 부끄러워하긴!"

"이 미친년아! 제발 좀 그만둬!"

송유한이 눈물을 찔끔 흘렸다. 다른 사절단원들도 음울한 눈으로 슬퍼했다.

이렇게 수많은 미인들에게 사랑을 받는 남자들을 본 하북지부의 무림맹 무사들은 부러운 듯 쳐다봤다.

북해의 무사 중 미인이 아닌 자가 하나도 없는데다가, 저리 적극적이니 좋을 수밖에 없었다.

"하하하!"

동예가 재미있다는 듯이 마구 웃어댔다.

"대협, 모시게 되어 정말 영광이었습니다."

그녀들이 여러 지랄(?)을 하는 동안, 파후달이 진양에게 다가와서 살 때문에 잘 접히지도 않는 허리를 겨우겨우 숙여가면서 공손하게 인사했다.

"항상 말하지만 이렇게까지 하실 필요 없습니다. 무엇보다 저 역시 하북지부장님께 많은 도움을 받았습니다."

파후달이 정말 부담 백배인 아부를 떨치긴 했어도, 자신을 불쾌하거나 하지는 않았다.

반대로 자신의 편의를 항상 생각해 주고, 봐주고, 어떻게든 하려고 노력해왔다.

거기에 하북에서부터 북해빙궁을 찍고 돌아오는 데까지 도움을 주지 않았는가. 그 고마움은 상당했다.

"부디 저 파후달 이름 석 자를 기억해주십시오!"

파후달이 진양의 손을 붙잡고 크게 흔들었다.

"기억해 주게나."

냉미려도 상냥한 목소리로 말했다. 헌데 목소리만 그럴 뿐, 뒤에 서 있는 그녀의 표정이 볼만했다.

자신을 거의 죽일 듯이 노려보면서 '기억하지 않으면 널 죽여 버리겠다.' 라고 말하는 것처럼 보였다.

여전히 파후달의 눈이 보이지 않는 곳에선 천변의 내숭을 보이는 여인이었다. 사랑에 빠진 여자는 무섭다.

"가증스런 사도련과의 전쟁에서도 반드시 참전하여 대협께 한 걸음에 달려가 도움을……."

"네네, 알겠어요. 그 정도면 됐어요."

아부가 또 길어질 것 같아 백리선혜가 나섰다.

"무엄하도다, 선선미호. 감히 오라버니가 말씀하는데 어딜 끼어들어……."

"미, 미려야. 됐다. 그럴 필요 없다."

백리선혜에게 여러모로 약점을 잡혀 있는 파후달이 깜짝 놀라며 냉미려를 말렸다.

"어머나. 제가 주제넘게 나서서 죄송해요, 오라버니. 전 그냥……흑!"

냉미려가 눈물을 살짝 흘리며 가증스런 연기를 보였다. 한순간에 바뀌는 모습에 진양이 또 감탄했다.

여전히 미쳤다는 말이 나올 정도의 연기력이었다.

"쿡."

진양이 재미있다는 듯이 옅은 웃음을 흘렸다. 그리곤 머리를 들어 냉미려를 똑바로 쳐다보았다.

"선배님."

"왜 부르지?"

냉미려의 얼굴이 또 다시 변했다. 방금 전까진 상처 입은 소녀의 얼굴이었으나, 지금은 냉혹한 여고수였다.

"만족하십니까?"

많은 의미가 담긴 질문이었다. 그 물음에, 냉미려는 살짝 놀란 표정을 지었다가 이내 미세하게 웃었다.

"무얼 묻는 겐가?"

중년의 여인이 다시 변한다.

눈은 내리지 않았다. 대신 바람이 불었다.

차갑고 삭막하지 않은 — 따스하고 상냥한 바람이었다. 바람에 머리카락이 휘날리고, 얼굴이 다시 나타났다.

"여러 가지."

여인이었다. 몹시도 아름다운 여인이었다. 어딘가 모르

게 슬픔과 분노에 잠긴 얼굴이었다.

휘이이잉.

바람이 다시 분다. 머리카락이 휘날린다.

그리고 나타난 건, 사랑에 잠기고 행복하고 웃음으로 가득한 아름다운 소녀의 모습이었다.

"다시는 놓치지 않을 거예요."

"네."

"다시는 그리워하지 않을 거예요."

"네."

"다시는 분노하지 않을 거예요."

"그리고?"

"다시는…… 슬퍼하지 않을 거예요."

소녀가 해맑게 웃었다. 가슴에 손을 얹고, 누구보다 따스하고 어여쁘게 미소 지었다.

결코 냉혹하지 않았다. 상냥한 웃음이었다. 얼어붙은 땅 대신에, 꽃이 피었다.

"만족하냐고요?"

"……예."

진양이 웃는 채로 고개를 끄덕였다.

"죽어도 여한이 없다……라고 말하지는 않을 거랍니다."

이제 만났다. 그토록 그리워하고 만나고 싶었던 사람을

만났다. 죽어도 여한이 없다니, 바보 같은 소리다.

반대로 만났기에 더 이상 죽을 수 없었다. 좀 더 오래 살고 싶었다. 대화를 나누고 싶다. 몸도 섞고 싶다.

손을 만지고 싶다. 같이 웃고 떠들고 싶다. 같이 잠이 들고 싶다. 같이 어딘가에 놀러가고 싶다.

"만족하지 않아요!"

사랑하기에.

너무나도 사랑하기에.

평생 동안 간절했던 것을 이루었기에.

또한 그만큼, 새로운 것을 원한다.

"그러니까, 더더욱 행복해질 거랍니다!"

* * *

사절단은 하북에서 하남을 건너 안휘에 도착한다.

그 기간 동안 큰 문제는 없었다. 대동한 인원이 워낙 많아서 그랬다.

일단 모용중광이 요녕에서 호위로 모용세가의 고수 몇몇을 데려온 덕분에 전력만 보자면 도적은 물론이고 웬만한 사도련의 무리도 덤빌 수 없었다.

다만 아예 문제가 없었던 건 아니었다.

북해인들이 중원의 기후에 상당히 괴로워했다.

"덥군."

동예가 이맛살을 찌푸리며 땀으로 범벅인 흉부를 긁적였다. 옷이 풀어져 계곡이 언뜻 보였다.

사절단원들을 제외한 무림인들 — 특히 모용세가의 무사들은 그 모습을 보고 침을 꿀꺽 삼켰다.

눈이 휘둥그레 질 정도로의 미녀들이 다들 더위를 타며 저런 모습을 보이니 하반신에 힘이 절로 들어갔다.

"정말로 더워."

처음엔 북해의 그 지긋지긋한 추위에서 벗어날 수 있다는 것에 상당히 좋아했다.

그러나 하북에서 점점 내려갈수록 기온이 올라가자 제법 힘들어하는 모습을 보였다.

"적응이 되려면 시간 좀 걸릴 겁니다."

"무당신룡, 당신이 얼마나 괴물인지 알겠습니다. 도대체 어떻게 된 몸이기에 북해에서 그리 멀쩡하게 있을 수 있었던 거요?"

동예가 질린 눈초리로 진양을 쳐다봤다.

북해인은 중원에 와도 그 반대의 경우처럼 그렇게까지 약해지는 건 아니다.

파후달의 경우에는 체형이 심하게 변하고, 수련도 게을

리 하다 보니 원래의 경지를 내지 못하는 것뿐.

일반적인 북해인의 경우, 중원의 기후에 짜증이 늘거나 더위에 쉽게 지치거나 피곤해지는 정도에 한한다.

그런데 중원인의 경우는 경지까지 한 단계 낮아지고, 제대로 된 힘을 발휘할 수 없다고 한다.

헌데 진양은 그러한 모습을 하나도 보이지 않았으니, 존경스러울 정도의 수준이었다.

"뭐, 노력이란 느낌으로. 하하."

진양이 별거 아니라는 듯이 웃었다.

그 대답에 동예가 머리를 좌우로 흔들었다.

기후에 아직 적응하지 못하여 몇 가지 문제가 있을 법했지만, 동예가 잘 통제한 덕분에 살 수 있었다.

그래도 설귀단의 단주라고, 냉미려가 없었지만 북해인들을 통솔하는 능력은 상당했다.

덕분에 별 사고 없이 안휘까지 갈 수 있었다.

참고로 이 무림맹 귀환행이 이어지는 동안, 정말로 많은 주목과 관심을 받았다.

일단은 무당신룡이 귀환하는 것 자체도 있긴 했으나, 모용중광과 북해인들 덕이기도 했다.

"자네, 그 소식 들었나?"

"요즘 무림이 많이 소란스럽지 않은가. 소식이라면 하나 둘이 아니지. 뭘 말하는 게 아니면 모르네."

"미안하네. 모용검룡에 대해서일세."

"모용검룡이라면, 그 소가주를 말하는 겐가?"

"그래. 듣기론 그가 화경의 고수에 올랐다고 하더군."

"허어."

모용중광이 화경의 고수가 되었다!

그 역시 아직 서른이 되지 않은 청년이었다.

예전부터 천재이다 뭐니 기대를 받긴 했다. 확실히 대단하다고 소문이 나있고, 평가도 좋았다.

그런데 설마하니 화경의 경지에 오를 줄은 몰랐다.

화경은 개나 소나 되는 경지가 아니다. 아무리 재능이 있는 자라고 해도 중년에 이르러야 볼 수 있다.

그런데 벌써 중원 무림에 서른도 되지 않은 두 명의 신진 고수가 화경에 올랐다. 이러다보니 우스갯소리로 '후기지수라면 다들 서른이 되기 전 화경에 올라야 하지 않는가?' 라는 말이 있을 정도였다.

"모용세가가 역사상 최고의 가주를 등에 업었군."

"듣자하니 무당신룡과도 상당히 친하다고 들었네."

"무당신룡은 친우라 말할 수 있다는 자가 적다고 하는데, 그중 한 명이 모용중광이라고 하네."

"하, 전란이 영웅을 부른다고 하다니. 그게 정말이로군."

정파 무림은 새로운 화경의 고수의 등장에 환호했다. 특히 그가 모용세가의 소가주라는 것에 대단해했다.

덕분에 모용세가의 입지는 오대세가 중에서도 필두로 칭해질 정도로 넓어졌다.

"아, 그리고 북해인들에 대해서 들었나?"

"설귀단이었나 말인가?"

"그래. 지금 난리도 아니네. 그녀들이 지나간 자리에 수많은 남성들이 마음을 잃었다고 하더군."

"유부남들도 그녀들에게 마음을 빼앗겨, 상사병에 걸렸다는 소문도 있네."

"허, 내 당장 전 재산을 모아 북해로 떠나야겠어!"

"듣자하니 더위를 많이 타서 옷도 헐렁헐렁 거의 벗고 다닌다고 하더군. 겨울이 오지 않았으면 좋겠어."

북해의 여인들의 미모는 칭송받을 만했다. 진양조차도 북해에 와선 감탄사를 흘리곤 했으니까.

괜히 미인들만 있는 나라가 아니었다. 지나갈 때마다 남자들이 밤잠을 못 이룰 정도였다.

그러나 그 누구도 함부로 다가가지는 못했다.

비록 그녀들이 북해에선 범죄자로서 추방당하긴 했으나, 겉으로 보기엔 정사대전에 도움이 될 지원 병력으로 생각되고 있었다. 만약 그녀들을 건드리면 무림맹에 정면으로 도전장을 보내는 것과 같았다.

"흥, 중원의 남자들은 여자만 보면 환장한다더니 그것도 아니었군."

"그러게. 어제 문도 열어놓고, 상의도 벗은 채 잠을 잤는데 아무도 오지 않더라고."

"술에 취한 척을 하면 좋다고 하는데, 왜 오지 않는 거지?"

헌데 정작 북해의 여인들은 중원의 남자들이 다가오지 않자 투덜거리면서 불만스러워했다.

참고로 마음 같아선 적당한 남자를 찾아서 당장 성욕풀이를 하고 싶었는데, 그러면 통제불능이 될지 몰라 동예가 예의주시하는 중이라 그럴 수가 없었다.

어쨌거나, 이렇게 무림맹과 관련된 일도 있었긴 하지만 일단 그녀들 자체 때문이기도 했다.

"무림맹과 척을 지는 건 무섭지만, 차라리 납치해서 어디 산속에 틀어박힐까 고민 중일세. 그 미모를 손에 넣을 수 있다면 인세에 미련이 없을 거야."

"미친 소리 하지 말게. 내 듣자하니 그중에서 대부분이 이류, 일류밖에 없다고 하네. 특히 설귀단이란 자들은 죄다 절정밖에 없는 괴물들일세."

"허억!"

아무리 중원에 와서 좀 약해졌다곤 하지만, 일단 강자밖에 없는 북해의 무인들이다.

겉으로 딱 보기에도 범상치 않은 분위기를 슬슬 풍겼다.

"여러분, 또 한 명의 영웅이 탄생하였습니다."

한편, 영웅의 재탄생에 수혜사태도 나서서 축하했다.

"지금 무림은 전란의 때입니다. 마교의 침공이 끝난 지 별로 되지 않았는데, 사도련이 과거의 패배에 승복하지 못하고 또 다시 야욕을 드러내고 있습니다."

계속되는 전쟁 소식에 백성, 무림인할 것 없이 지쳐가고 있었다. 아니, 정확히는 정파 무림이었다.

무당신룡이 귀환하고 또 다른 젊은 화경의 고수가 등장했다곤 해도 사기가 압도적으로 높아지는 건 아니다.

사람들도 아주 바보는 아니다. 정마대전을 통해서 정파가 전력을 대충 얼마나 소모했는지, 또 그에 반면 멀쩡한 사도련과의 전력 차이가 얼마 나는지 대충 안다.

그로 인해서 상당히 떨어진 완벽하게 바뀔 리는 없었다.

"전쟁이 나쁘다는 건 알고 있습니다. 일각에선 무림맹 역시 사도련과 똑같다고 비난하시는 것도 모르지 않습니다. 저 — 아니, 무림맹 역시 싸우고 싶지 않습니다."

수혜사태는 평화주의자다. 괜히 신녀라던가 활불로 불

리는 게 아니었다.

"대화를 시도하지 않은 것이 아닙니다."

공동대전에서 있었던 천마의 최후. 천마가 '그래도 대화를 했어야 한다.' 라는 말은 누구나 다 안다.

싸움에 지치고, 누군가를 잃는 것에 지친 백성들과 무림인들은 그 말에 너무나도 공감했다.

그렇기에 중원 전체로 천마의 이상이, 그 이념이 널리 퍼져서 이윽고 황궁까지 움직이게 만들었다.

하마터면 무림맹까지 무너질 뻔했다.

"몇 번이나 사도련주에게 서신을 보냈습니다."

이건 거짓말이 아니라 정말이다.

전서구를 수십, 수백 번 이상 넘게 보내봤다. 사도련주에게 대화를 하고 싶다고 솔직한 심경을 보냈다.

싸우지 말자. 서로 피해만 입는다. 아니, 전혀 관련 없는 사람들만 눈물을 흘릴 뿐이다.

전쟁의 악순환에 대해서 기가 질릴 정도로 몇 번이나 설명하고 설득하려고 했다.

"서로 좀만 더 대화를 나눈다면 이해할 수도 있는 일입니다. 수긍할 수 있는 일입니다. 그럼에도 불구하고 사도련은 입을 다물고, 귀를 닫은 채로 무시했죠. 여전히 무림을 정복하기 위해서 움직이고 있습니다."

수혜사태는 서글픈 표정을 지었다.

“참는 것도 이제는 한계입니다. 넘지 말아야 할 선이 있습니다. 지켜야 할 한도라는 것이 있습니다. 그러나 마교와 사도련은 그걸 지키지 않았습니다. 여러분, 그것이 — 저희를 움직이게 했습니다.”

와아아아아!

무림맹주의 연설에 사람들은 열광했다.

‘검존. 당신의 선택은 틀리지 않았습니다.’

그 광경을 지켜보던 제갈문이 감탄했다.

수혜사태는 확실히 무림인으로서 그다지 알맞지 않다. 무공도 약하고, 모두를 구하겠다는 이상주의자에, 현실을 알면서도 피하는 겁쟁이이기도 하다.

하지만, 사람들은 그 바보에게 열광하고 있다.

전장터에서도 사람들을 돌보고, 자신을 희생하고, 그리고 장례를 치러주는 등의 행동으로 정말로 많은 사람들을 감동시켰다.

싸움을 지독하게 싫어하는 사람이, 평화를 누구보다 원하는 사람이 슬퍼하면서 싸우겠다고 말하고 있다.

그 목소리와 그 말투가, 그 표정이 모든 사람들의 머리에 각인되고 모든 감정을 폭발시키고 있었다.

“무얼 얻으려 하는 싸움이 아닙니다. 짐승처럼 쾌락을

위해서 움직이는 것도 아닙니다. 소중한 사람을 지키기 위해서 싸우는 겁니다. 여러분, 확실히 세상에 영원한 평화는 없습니다. 하지만, 저희는 '잠깐' 의 평화를 위해서라도 전력을 다할 것입니다."

무림맹주 만세!

"그렇기에 더더욱 여러분의 힘이 필요합니다. 확실히 또 다른 영웅이 나타난 건 축하할 일입니다. 그러나 무당신룡과 모용검룡, 이 둘에게 기대기만 한다면 아무것도 변하는 것이 없습니다."

수혜사태는 지금 이 상황이 싫었다.

영웅이 태어나고, 그들에게 기대하고 모든 걸 해결해주기만을 바라는 것을 잘못된 것이라고 생각했다.

확실히 그들은 대단하다. 그들의 행적에 고마움을 느끼고, 감탄하게 된다.

하지만 그렇다고 이 둘에게 운명 전부를 맡길 수는 없었다. 그들이 못 믿어 그런 게 아니다.

그들에게만 모든 걸 맡기려하는 무림의 사회 현상이, 그게 너무너무 싫었다.

"어떤 분들께서는 영웅이 필요한 세상이라고 종종 말하더군요. 하지만, 그건 잘못된 말입니다. 전 그게 싫습니다. 영웅이 필요한 세상은 불행할 뿐입니다. 영웅이 필요하지 않는 세상이, 평화가 있었으면 하는걸요."

수혜사태는 무림인들을, 백성들을 보고 말했다.

"여러분, 전 그다지 대단하지 않습니다. 그저 여러분을 대변하는 것뿐입니다."

살아있는 부처로 칭송받는 무림맹주

"약해서 신뢰받지 못해서 미안합니다. 별 볼 일 없는 저라서 미안합니다."

강하지 않은 무림맹주.

"현실을 모른다고, 바보라고 비웃으셔도 상관없습니다. 그렇지만, 그래도 전 평화를 이루고 싶어요."

이상주의자라 비웃음을 받는 무림맹주.

"그러니까, 도와주세요. 당신들의 힘이 필요합니다. 여러분의 힘이 필요합니다. 낭인이건, 중소문파건 상관없습니다. 삼류건 고수이건 상관없어요. 당신들의 힘 하나하나가, 정파 무림맹은 절실히 필요로 하는 바입니다."

수혜사태가 손을 들며 외쳤다.

"저, 무림맹주 수혜사태!"

살아있는 부처의 눈에 불꽃이 피어올랐다.

"기필코 평화를 가져다 줄 것을 맹세하는 바입니다!"

第十一章

무림회의(武林回議)

안휘에 도착하자마자 다양한 사람들이 사절단을 반겼다.

귀환하는 동안의 소식이 이미 전 무림에 소문이 퍼진 상태였고, 소문을 듣고 많은 사람들이 모여 있었다.

심지어는 사절단을 축하하기 위해서 다른 지방에서 올라온 자들도 있었다.

"와아아아!"

"무당신룡이다!"

함성소리가 끊이지 않았다. 무림맹 본단이 위치한 마을 앞에서부터 구경꾼들로 끊이지 않았다.

"공자님의 인기가 이리도 대단하니, 곁에 있는 제가 다

뿌듯하군요."

백리선혜가 짓궂게 웃으면서 놀리듯이 말했다.

"끄응."

이제는 남들의 시선에 익숙해졌지만, 그렇다고 좋은 것은 아니었다.

여전히 과한 관심이 부담스러워서 침음을 흘리며 어쩔 줄 몰라 했다.

"저 불여우는 또 누구야?"

구경꾼 중에서 여자들이 눈에 불을 켜고 진양의 곁에 딱 붙어있는 백리선혜를 째려보았다.

"후후후."

주변의 질시 어린 시선에 백리선혜가 마음에 든 듯 히죽 웃었다.

멀리서 여자들이 험담하는 것까지 들렸지만, 상관없었다. 저게 다 질투라고 생각하니 아무렇지도 않았다.

이 남자를 자신이 독점하고 있다니 생각을 하니 몸이 날아갈 것만 같았다.

"아니, 저거 마 씨 아니야?"

"허, 대단하군."

"무림맹 무사에서 출셋길이 막혔다고 투덜거리더니만, 결국 해냈구먼 그래."

안휘에서부터 진양을 따라 북해를 다녀온 사절단원들은 하나같이 어깨를 당당히 피고 뿌듯해했다.

원래 그들은 그다지 대단한 이들이 아니었다. 그저 진양의 편의를 위해 보좌하는 정도에 한해서였다.

물론 무림맹 무사, 그것도 안휘에서 근무한다는 것 자체도 사돈에 팔촌들에게까지 거론할 정도로의 출세다.

무당신룡과 함께 북해에서 임무를 수행했다고 하면 적어도 삼대는 우려먹을 수 있을 정도의 일화가 된다.

특히나 사절단원들의 동료들은 자신도 갈 걸 그랬다고 땅을 치면서 굉장히 후회했다.

당시에 사절단원을 뽑는 인원은 제법 있었지만 정작 지원하는 자들은 그다지 많지 않았다.

일류, 아니 절정의 고수조차 북해에 가면 살아 돌아 올 수 없다는 악명이 워낙 높았기 때문이었다.

그런데 한 명도 빠짐없이 이렇게 당당히 돌아오다니!

“와, 소문으로만 듣던 북해의 여인들이다!”

“어찌 저리 예쁜 것이지?”

“별호에 화(花)가 붙여진 미녀들은 긴장해야겠군.”

남자들은 나이 불문하고 침을 질질 흘리며 북해의 여인들을 멍하니 쳐다보기만 했다.

사실, 다른 지방에서 안휘까지 올라온 사람들 중에서 거의 반은 북해의 미녀들을 보기 위해서이기도 했다.

'좋아. 드디어 이 미친년들의 손에서 빠져나간다.'

'부탁이야. 누가 데려가줘.'

'나의 분신은 정상인 것일까?'

'성욕이 있은들 어떠하리, 어차피 얻는 건 약간의 쾌락일 뿐. 결국 정기를 빨아 먹히는 것이리라.'

'사람이 사는 데 외관이 무엇이 그리 중요한가. 미녀가 무엇이 좋다고…… 쯧쯧!'

그동안 당한 게 정말 많았는지 사절단원들은 속으로 환호를 주체하지 못했다.

남들이 본다면 눈이 휘둥그레질 정도의 미녀를 다른 남자에게 빼앗기게 생겼는데 뭐하냐고 물을 것이다.

하지만 그들 입장에선 진심으로 북해의 여인들과 더 이상 연을 맺고 싶지 않았다.

북해에서도 마찬가지였지만, 이곳 안휘에 오기까지 항상 밤마다 몇 번이나 억지로 쥐어짜내게 했다.

가끔씩 자신의 아들(?)이 정상인지 걱정될 정도.

여하튼, 참으로 갖은 인파들에게 환영을 받으면서 무림맹 본단 앞까지 무사히 도착할 수 있었다.

제일 먼저 반긴 것은 무림맹주 수혜사태였다.

"수고하셨어요, 무당신룡."

수혜사태의 인사에 진양은 적잖게 당황했다.

"무당신룡이 무림맹주님을 뵙습니다. 맹주님, 마음은 감사하나 이렇게까지 마중을 나오실 줄은……."

무림맹주는 정파 무림의 최고 권위자다.

확실히 자신의 임무가 좀 고되긴 했지만, 안에서 기다려도 아무도 누가 뭐라 하지 않는다.

그런데 이렇게 입구 앞까지 나와서 사절단을 기다려주고 반겨줬으니 조금 당황스러웠다.

"아니오. 충분합니다. 그대가 북해에서 얻어온 지원 병력은 가치를 헤아릴 수 없을 정도입니다. 또한, 타지에서 그렇게 고생하셨지 않았습니까. 이 정도의 일이라면 얼마든지 할 수 있는 일이지요."

수혜사태는 머리를 좌우로 흔들고, 부드럽게 웃었다. 그리곤 진양에게 다가와 두 손을 붙잡곤 목례했다.

"다시 한 번 수고 많으셨습니다."

와아아아아!

그 말에 주변에 모여 있던 구경꾼들이 함성을 내질렀다.

정마대전을 통해 수많은 역경들을 이겨 내고 승리하여 나타난 영웅과 맹주의 만남은 환하게 빛나보였다.

거기다 둘 다 정파 무림에서 최고의 인기를 자랑하는 무인이지 않는가!

"여러분께서도 수고 많으셨습니다."

수혜사태는 사절단장인 송유한을 비롯해 사절단원도 한 명 한 명 빠짐없이 손을 붙잡고 인사했다.

"가, 감사합니다! 영광입니다, 맹주님!"

악수를 받은 사절단원들은 하나같이 땀을 뻘뻘 흘리면서 감동한 기색으로 목소리를 크게 높였다.

전생으로 치자면 훈련을 마치고 숙소로 복귀했는데 사단장, 아니 대통령이 나와서 인사해 주는 꼴이었다.

당연히 속이 다 뒤집힐 것 같았지만, 그렇다고 실수라도 하면 큰일이기에 그들은 가까스로 통제했다.

"맹주님. 이제 슬슬 돌아가시지요."

아직 인사가 다 끝나지 않았으나, 함께 나와서 보좌하고 있던 수화사태가 탐탁지 않은 기색을 내보였다.

'그렇지 않아도 요새 얕잡아 보이는데…….'

아무리 활불이라고 불리곤 해도, 이렇게 너무 과하게 나서면 다른 자들에게 얕잡아 보이기 마련이다.

그렇지 않아도 무림맹 장로 몇몇들 중에서는 아직도 수혜사태를 우습게 보는 자들이 많았다.

아랫것들에게 과하게 친절을 베풀게 되면, 권위가 크게 살지 않는다.

수화사태가 스스로 마라가 되길 자처한 것은 아미파의

권위와 입지를 강하게 살리기 위해서다.

사매가 이렇게 나온다면 장로 회의에서도 제대로 된 취급을 받을 수 없다. 그녀는 그게 싫었다.

"괜찮습니다. 이분들 한 분, 한 분이 세운 공적은 본맹에 큰 도움인걸요."

그러나 수혜사태의 고집이 어디 보통 고집인가?

수혜사태는 머리를 내저어 거부하곤 다시 악수하는 데로 신경을 돌렸다.

그 말에 주변의 구경꾼들은 절로 감탄사를 흘렸다.

원래 보통은 임무를 수행하고 돌아오면 그 공적은 모조리 대표의 것이다.

그리고 그 대표에게 인사하는 것으로 대충 끝나는 법인데, 수혜사태는 전혀 그러지 않았다.

역대 무림맹주 중에서도 이렇게까지 한 사람은 손꼽힐 정도가 아니라, 수혜사태뿐일 것이다.

"……여전한 것 같습니다."

진양과 수화사태의 눈이 마주쳤다.

그 목소리는 주변에 몰려든 인파로 인해 잘 들리지 않았지만, 수화사태는 알아들을 수 있었다.

"네, 그렇지요. 무당신룡."

반년이 넘게 지났지만, 누구도 변하지 않았다.

"고생하셨어요."

수화사태는 예전과 같이 무뚝뚝하고 어딘가 모르게 독기에 가득찬 눈으로 답했다.

저 무표정을 보니 왠지 모르게 냉약빙이 떠올랐다. 아니, 정확히는 냉약빙이 아니라.

"……닮았군."

약간의 거리가 떨어진 동예도 수화사태를 보자마자 느꼈다.

수화사태는 — 사랑에 미쳐있었던 냉미려와 닮았다.

"정말로 큰 도움이 되었습니다."

수화사태가 진양의 공적을 순수하게 칭찬했다.

공식적으로 임무를 내린 건 무림맹주다. 즉, 진양의 공적은 곧 무림맹주의 공적이라고도 볼 수 있다.

후에 북해궁주까지 오기로 약속을 받은 그의 공적은 수혜사태의 임기 공적에도 기록이 남는다.

그렇다는 건 곧 동시에 아미파의 위상이 높아지는 것과 같으니, 수화사태가 고마워할만했다.

"여전히 주변을 잘 이용하는 것 같습니다."

진양이 말을 비틀어 옅게 웃었다.

"네. 여전히 말에 가시를 잘도 담으시는군요."

수화사태가 아무렇지 않게 말을 받아쳤다.

"당신의 방식이 여전히 마음에 들지 않아서 그렇습니다."

수화사태는 여전히 사매에게 진실을 고하지 않았다. 그리고 여전히 희생을 강요하고 있다.

그리고 그녀를 통해서 아미파의 위세를 높이려고 한다. 실제로 그 방법은 틀리지 않았다.

자신의 사매가 맹주에 오른 지 반 년. 전쟁에는 어울리지 않는 평도 있지만, 그래도 대다수 호평이었다.

수혜사태에게는 사람들을 감동시키고, 눈물을 흘리고, 공조하게 만드는 신비한 힘이 있다.

그리고 위선이 아니라 정말로 사람들을 진심으로 구하기 위한 행동까지 한다.

무엇보다 일반 백성을 비롯하여, 심지어 거지까지 포함해서 그들에게 주저 없이 다가가는 행동력이 대단하다.

물론 이러한 행동이 나쁜 건 아니지만, 신분을 속인 채 접근해온 자객이 있어서 곤란하기도 했다.

어쨌거나 이러한 파격적인 인사 행동 덕분일까 상당한 정파의 무림인들에게 호감과 칭송을 받았다.

무엇보다 얼마 전에 있었던 연설 덕인지 많은 사람들이 감명을 받아서 따르는 자들도 점점 많아지고 있었다.

수면 시간은 하루에 고작 네 시간밖에 되지 않고, 쉬려고 하지 않는다. 항상 누구를 구하려고 열심히 뛰는 중이다. 궁극의 자기희생을 하고 있었다.

그리고 곁에서 보좌하는 수화사태는.

그 희생을 강요하고, 도와주고 있었다. 힘들면 멈춰라, 라는 말은 하지 않았다.

자신의 사매가 망가지고 있음에도 불구하고.

"언젠가 벌을 받을 것입니다."

"상관없습니다."

"문파를 위해서라는 변명은 통하지 않습니다."

"상관없습니다."

수화사태가 무미건조하게 답한다.

어째서일까, 왠지 모르게 이 세상 속에 자신과 수화사태만 남아있는 것 같았다.

"……보는 눈이 많습니다."

수화사태가 시선과 함께 몸을 돌려 등을 보였다. 무엇을 말하는지 알 수 없는 등이었다.

"대화는 나중에 하도록 하죠. 북해의 임무…… 정말로 수고 많으셨습니다."

그 말을 끝으로 수화사태는 멀리 떨어져갔다.

진양은 그걸 끝까지 쳐다보다가, 이윽고 수혜사태의 긴 인사가 끝나서야 시선을 돌릴 수 있었다.

동예를 포함한 설귀단에게까지 인사를 한 수혜사태는

왠지 진양의 얼굴을 보고 살짝 놀라며 물었다.

"이런, 무당신룡께서 많이 피곤하신 모양이군요. 얼굴에 그늘이 끼어있습니다."

"예, 뭐. 조금 그런 것 같습니다."

"많이 기다리게 해서 무척 죄송합니다. 보고는 내일 들어도 되니, 일단 들어가서 쉬십시오. 긴 여행 동안 정말로 많은 수고하셨습니다."

와아아아아!

"무림맹주 만세!"

"만세!"

"무당신룡 만세!"

"만세!"

"모용검룡 만세!"

"만세!"

무림맹주와 두 명의 영웅. 딱 좋은 그림이다.

사절단이 무림맹 안으로 들어가자, 사람들은 그 모습을 보고 열광하면서 소리를 질렀다.

정사대전이 코앞에 다가왔으나, 정파인들은 앞으로 있을 싸움에 힘을 내려는 것처럼.

희망이라는 상징성을 지닌 세 명을 보면서 몇 번이나 그 이름을 입에 담으며 소리 질렀다.

* * *

무림맹에 도착한 지 하루가 지났다. 수혜사태의 배려 덕분에 푹 쉴 수 있었다.

대신에 그 다음날 아침에 회의에 바로 불려나갔다. 임무에 대한 자세한 보고가 있어서 그렇다.

"흥."

회의에 진양이 등장하자 구석에 앉아있던 팽련호는 대놓고 불쾌하다는 기색을 내보였다.

하북에서 팽지괄이 괜한 시비를 걸었다가 얼굴을 들지 못할 정도로 당한 것을 알고 저러는 모양이었다.

그러나 그의 위명이 천하에 널리 울려 퍼졌으니 대놓고는 뭐라 하지 못해서 불만인 듯했다.

"그럼 바로 회의를 시작하겠습니다."

제갈문이 그걸 눈치채고 괜히 싸움이 일어날 것을 배제했다.

일단 서로 일어나서 적당히 인사를 끝낸 뒤, 보고를 받는 것으로 회의를 시작했다.

그렇지만 회의라고 해도 그렇게 대단할 건 없었다.

이미 그가 북해에서 보냈던 서신 덕분에 많은 이야기를

나누었다. 좀 더 세세한 사정을 듣는 것뿐이다.

그리고 보고가 끝나자마자, 창허자가 이죽거렸다.

"흥. 북해에 다녀온 게 뭘 그리 대단한 것이라고."

"그러게 말이오. 그래봤자 좀 쌀쌀한 곳에서 계집년들과 논 것에 불과하거늘."

창허자의 의견에 팽련호가 얼씨구나 하고 나섰다.

이 둘은 별로 친하지도 않는데, 어째 진양을 깎아내리는 말만 나오면 이상할 정도로 죽이 척척 맞는다.

"어휴, 저 속 좁은 것들."

황개가 혀를 쯔쯔 차면서 머리를 좌우로 흔들었다.

"아니, 이 거지 놈아. 지금 뭐라고 했느냐?"

팽련호가 눈을 부릅뜨면서 황개를 노려봤다.

"아이고, 팽 장로님. 저는 아무것도 말하지 않았습니다. 허허허!"

황개가 대놓고 도발하는 표정으로 마구 웃어댔다.

팽련호의 손이 순간 칼집으로 향하려 했으나, 곧바로 수혜사태의 불호령이 떨어졌다.

"지금 뭐하는 짓이십니까!"

"……크."

팽련호가 침음을 흘리며 행동을 곧바로 멈추었다.

분명 무위만 따지자보면 무림맹주는 자신보다 아래다.

그러나 가끔씩 이렇게 — 왠지 모르겠지만 도저히 거부할 수 없는 위엄을 내보이곤 하여 꼼작도 못한다.

아니, 일단 수혜사태가 아직 제대로 된 인정을 받지는 않았다곤 해도 무림맹주는 무림맹주다

회의에서 맹주가 언성을 높였는데도 그걸 무시하면 장로라 해도 넘어갈 수 없는 큰 결례가 된다.

어쩔 수 없이 입을 꾹 다물고 자리에 다시 앉아 가만히 있을 수밖에 없었다.

"창 장로님도, 팽 장로님도 과하셨습니다."

수혜사태가 타이르는 어조로 말했다.

"무림맹을 대신해서 먼 타지까지 간……."

'어휴우. 또 시작인가.'

장로진들이 질색하면서 먼 산을 바라보았다.

수혜사태의 입에서는 맞는 말만 흘러나왔다. 다만 그 내용이 너무 고리타분한 것이 문제였다.

연령대가 높은 편인 장로진들조차 질색할 정도니 할 말 다했다.

'무림학교의 교장선생님이로구나.'

진양 역시 수혜사태가 자신을 위해 이렇게 나서주는 것이 고마웠으나, 쓴웃음을 짓지 않을 수 없었다.

꼭 전생의 학창 시절 때, 운동장에서 '학생의 본분은 무

엇이며…….' 라고 연설하는 교장과 같았다.

심지어 중간중간에는 불경까지 거론하면서 부처의 가르침이다 뭐니 하니 미칠 지경이었다.

"아미타불. 맹주님의 말씀대로요."

지루하지 않게 들은 사람이 있었더라면 같은 불학을 공부한 소림사의 원종대사와 아미의 수화사태뿐이었다.

'저 입을 막고 싶구나…….'

팽련호는 온몸이 근질거렸다. 당장이라도 탁자를 뒤집어엎고 바깥으로 튀어나가고 싶었지만, 가까스로 인내심을 끌어올려 꾹 참았다.

그리고 아들에게 잔소리를 퍼붓는 어머니처럼, 기나긴 연설이 반 시진이 약간 되지 않아 끝이 났다.

"……자, 그럼 다음 사안으로 넘어가도록 하죠."

제갈문도 그 지루한 연설에는 버티지 못했는지 재빨리 화제를 돌렸다. 이에 다른 장로진들이 안도의 한숨을 내쉬며 고마운 눈길로 제갈문을 한 번씩 쳐다봤다.

"다들 알다시피, 무당신룡이 북해빙궁의 지원을 약속받아온 덕에 전력 문제가 사라졌습니다."

적어도 북해빙궁에서 오는 무사가 최소 오천, 최대면 만 명이다. 거기에 무림육존도 딸려온다.

"더불어 모용검룡의 등장 덕에 정파의 떨어졌던 사기

또한 상당 부분 올랐습니다."

"무림의 홍복이로다…… 아미타불."

원종대사가 입가에 미소를 머금으면서 좋아했다.

"무당신룡, 자네가 그걸 가져왔네."

황개도 귀여워 죽겠다는 눈길로 진양을 바라보면서 칭찬을 건넸다.

이에 진양은 목례로 칭찬에 감사를 표했다.

건방진 것이 아니냐는 말을 들을 수도 있지만, 아직 회의 도중인지라 모두가 이해해 줄 수 있는 일이었다.

"황궁이 무림에 개입하여 마교 잔당의 소탕을 나선 지도 반년을 훌쩍 넘었습니다. 앞으로 네 달, 어쩌면 빠르면 세 달 안에 마교의 소탕도 끝이 날 것입니다."

천마의 유언은 정파와 사파뿐만 아니라 중원 전체에 퍼져나가 수많은 파급력을 형성하였다.

그러나 그 파급력도 무색할 정도로 천마가 이끌고 있던 마교는 속수무책으로 사라져갔다.

아무리 강자가 수두룩한 마교라고 해도, 황궁의 힘에는 대적할 수 없다.

거기에 추가적으로 덧붙인다면 정마대전의 패배가 너무나도 쓰라렸다.

전략이 없는 전쟁의 결과는 누가 봐도 뻔하다.

천마가 아무리 잘난 소리를 지껄였던 간에, 현실적으로 보면 마교의 행보는 그야말로 자살행위였다.

그러다보니 생각 이상으로 약해진 상태였고, 또 모든 구심점을 잃어서 제대로 뭉치지도 못했다.

"힘이 약해서 제압당하다니……의미심장하구먼."

황개가 쓴 웃음을 흘리면서 중얼거렸다.

마교는 결국 힘이 약해서 소탕당하고 있다. 그리고 마교도들은 '힘이 더 있었더라면!' 라고 지껄이고 있다.

어떤 연유를 붙이건 간에, 천마가 남긴 말은 마치 수학공식처럼 남아서 무림에 숨 쉬고 있다.

"지난 이야기는 그만하겠습니다. 어쨌거나, 마교의 소탕도 이제 곧 끝이 납니다. 그 말인즉슨."

"곧 정사대전이라는 것이지."

"……으음."

여기저기서 침음이 흘러나왔다.

장로진들의 안색에는 하나같이 걱정이 떠올랐다.

'정마대전에 잃은 피해만 해도 보통이 아니거늘…….'

'후우. 사도련주가 도대체 또 뭘 준비해두었을지.'

'생각만 해도 골치가 아프구나.'

'하지만 이 전쟁을 잘만 이용한다면…….'

'본파를 구파, 아니. 팔파일방의 수장으로…….'

허나 걱정하는 사람들이 있는 반면, 몇몇 장로들은 이를 기회로 여기기도 했다.

하지만 그 말이 틀린 건 아니다. 실제로 전쟁을 통해서 공적이 높다면 한 세기 이상 우쭐거릴 수 있다.

이 무림이란 세상은 힘과 공적. 이 둘만 증명할 수 있다면 무소불위의 권력 또한 얻을 수 있다.

"여기에서 그걸 모르는 사람도 있소?"

아직 화가 덜 풀렸는지 팽련호가 비아냥거렸다. 제갈문은 그걸 깨끗이 무시하곤 다음 이야기를 계속했다.

"무당신룡. 당신이 여기에 없는 동안 무슨 일이 있었는지 설명하겠습니다."

휴전이라고 사도련주가 가만히 지켜만 보고 있었을까? 답은 두말할 것도 없이 '아니다'다.

사도련주는 시간을 쓸데없이 보내는 걸 싫어한다.

만약 자신의 계획이 틀어졌다면, 그에 극렬히 분노하면서도 다른 일을 짜내서 계획하고 실행한다.

황궁의 개입으로 대대적인 활동은 할 수 없었지만, 사도련주는 재정비를 하면서도 다른 뒷수작을 생각했다.

"흥. 그래봤자 비겁한 사파의 우두머리일 뿐이오."

창허자가 가당치도 않다는 듯 코웃음을 쳤다.

"놈을 우습게보지 마시오."

제갈문이 미간을 좁히면서 경고했다.

"이보시오, 참모. 그대가 이리 약한 모습을 보이니 놈들이 우리를 보고 겁쟁이라고 흉을 버는 거요."

팽련호는 정말로 좋게 말하면 자신감이 많은 것이지만, 솔직히 말해서 너무 많아서 문제였다.

그 자신감이 오만을 찌르고도 남을 정도여서 항상 제갈문을 골치 아프게 했다.

"남자라면 목을 움츠리지 않고 당당하게 여겨야지! 그딴 놈이 뭔 짓을 하건 쳐부수면 그만이오!"

"어휴, 저 돌머리 새끼가 진짜 아까부터 지랄이네."

황개가 목소리를 죽여서 중얼거렸다.

"뭣이?"

돌머리라는 말에 팽련호의 눈썹이 사납게 치켜 올라갔다. 하북팽가 사람들은 모두 하나같이 머리가 나쁘다고 무시하는 발언을 들으면 참아내지 못한다.

그게 어느 정도면, 세간에선 이런 말이 있다.

"하북팽가 사람은 부모 욕은 참아도 머리 나쁘다는 욕은 안 참는다."

라는 우스갯소리가.

"네 이노오옴!"

팽련호도 참으려고 했다.

회의를 하는 도중이기도 하고, 무림맹주가 아까 경고까지 했으니 얌전히 있으려고 했다.

하지만 반대로 그렇게 생각하니 더욱 열이 받았다.

이렇게 많은 사람들이 보는 앞에서 면전에 무시를 당하다니!

파츠츠츳

팽련호가 결국은 도를 꺼내들었다. 비록 강기는 아니었으나, 고농도로 압축된 도기가 흘러나왔다.

"진정하십시오."

이 개판 몇 분 전인 상황에, 진양이 한숨을 내쉬면서 팽련호의 앞을 막아섰다.

"네 이놈, 비키지 못할까!"

팽련호가 언성을 높이면서 살기를 내뿜었다. 무공이 약한 수혜사태와 제갈문에게 금세 영향이 갔다.

둘의 안색이 백지장처럼 창백해지자, 얼른 수화사태와 원종대사가 둘에게 붙어 살기를 흘려버렸다.

"야이, 미친놈아!"

황개도 더 이상 참지 않겠다는 듯 자리에서 벌떡 일어났다.

"마교가 왜 그렇게 철저하게 패배했는지 정말로 모르는 건 아니겠지? 너처럼 전략이고 뭐고 무시한 채 무식하게 힘만으로 밀어냈으니까 망했지!"

순간 목구멍 너머로 '너 솔직히 말해봐. 마교의 앞잡이지?' 라는 말이 나올 뻔했으나 겨우 참을 수 있었다.

정말로 이런 말을 한다면 황개, 아니 개방 입장에서도 매우 곤란하다.

그렇지 않아도 연미의 일로 인해서 입지가 좁아진 개방이었으니까.

'하하. 황개가 모두를 대변해주는구나. 말 한번 속 시원하게 잘해 주는군.'

당거종이 속으로 껄껄 하고 웃으면서 좋아했다.

솔직히 말해서 팽련호의 행동은 누가 봐도 도가 지나친 점이 있었다.

황개가 나서지 않았더라도 누군가가 참지 못하고 그 점을 지적했을 것이다.

"황 장로님도 말씀이 심하셨습니다."

진양은 머리를 살짝 돌려 황개를 쳐다보았다. 딱히 탓하는 눈초리는 아니었다.

'다 이해는 합니다만, 말이 좀 과했던 거 아닙니까.'

황개도 그 눈빛을 이해하곤 말없이 어깨를 으쓱였다.

"비켜라, 애송이. 감히 누구 앞이라고 날 막느냐."

팽련호는 자존심이 강한 자이다. 아무리 영웅이라곤 해도 까마득한 후배가 가로막자 화가 났다.

"하북팽가의 팽련호 장로님이십니다. 후배의 무례를 부디 용서해 주십시오. 이렇게 싸울 자리가 아니라는 것은 알고 계시지 않습니까. 황 장로님과는 사적인 장소에서 대화해 주시면 감사하겠습니다."

'개판이군.'

머리가 지끈지끈 아파오는 진양이었다.

"이이익!"

第十二章

은원중시(恩怨重視)

"네 이놈, 요즘 주변에서 떠받들어 주니 정말로 무엇이라도 된 것마냥 생각하는 것이냐!"

팽련호의 분노 어린 외침이 쩌렁쩌렁하게 울렸다.

'잘한다.'

창허자는 뒤로 슬쩍 빠진 채 속으로 웃음을 감추면서 손뼉을 쳤다. 마음 같아선 동조하고 싶을 정도였다.

'정말로 대책 없는 돌머리로다.'

무당신룡이나 무림맹주의 일에는 사사건건 시비를 걸고 마음에 들어 하지 않던 그 역시 이렇게 대놓고 제기하지는 못한다. 그래서 항상 적절한 선을 지킨다.

그러나 팽련호는 다르다. 팽가의 사람은 아무리 나이를 먹는다고 해도 특유의 성격을 주체하기가 힘들다.

세간에선 이를 보고 종종 팽가의 저주라고도 부른다.

"하 — 이래서 요즘 것들이 건방지다고 욕을 먹지."

도를 쥔 손에 힘이 꽈악 들어갔다.

"왜, 영웅이라고 칭송받으니 이제 무림맹 장로도 눈에 안 뵈나 보구나."

"……."

"무당파에서 사부랍시고 무공만 가르쳤지, 인성은……."

"팽 장로! 말이 과했소!"

당거종이 기겁하면서 팽련호를 말렸다.

"당장 사과를…… 흐읍!"

당거종이 숨을 흡 하고 참았다.

"진정하시오, 무당신룡!"

원종대사가 땀을 삘삘 흘리면서 진양에게 소리쳤다. 바로 근처에 있던 수화사태의 안색도 좋지 못했다.

아니, 이 자리에 있는 장로진 모두 신음을 흘리면서 단전에서 내공을 끌어올렸다.

"팽 장로님. 절 욕하는 건 상관없습니다."

진양이 눈을 가늘게 뜨고 팽련호를 올려다봤다.

평소처럼 자상하고 부드러운 눈길은 없었다. 그렇다고

침착하고 편안하게 가라앉는 눈동자도 아니었다.

그의 눈은 마교의 이념과 정면으로 마주했을 때처럼 분노로 활활 타오르고 있었다.

"그렇지만, 본파의 가르침 — 나아가 제 사부님을 욕하는 건 결코 용서할 수 없습니다."

자신의 욕은 적당한 선에서 참아낼 수 있었다. 일단 팽련호는 강호의 선배이기도 하고, 무림맹의 장로다.

기분이 좀 상하긴 했지만, 인내하여 넘길 수 있는 일이다.

그러나 그게 누군가의 가르침으로 이어지면 결코 참을 수 없다.

그 사부를 욕하는 것 곧 부모를 욕하는 것. 반대로 참는다면 그거야말로 이상한 일이다.

팽련호도 뒤늦게 자신이 심한 것을 눈치챘는지 흠칫 하는 표정으로 입을 꾹 다물었다.

"미, 미친놈! 날 죽이기라도 할 생각이냐?"

팽련호가 겁을 먹고 자기도 모르게 실언을 했다.

화경 — 그것도 최상승에 속한 고수가 차갑게 분노하여 노기를 분출하자 몸이 절로 떨려온다.

실제로 그 분노에 천하의 무림맹 장로들조차 자기도 모르게 주먹을 불끈 쥐며 언제든지 싸울 준비를 했다.

"다시 한 번 좋게 말씀드리겠습니다. 사과하십시오. 그렇지 않으면 저도 더 이상 참을 수 없습니다."

콰드드득!

주변의 공기가 비틀리더니만 폭풍을 일으켰다. 주먹에 실린 기운이 주변의 모든 것을 먹어치웠다.

거친 기색이 뿜어져 나오면서 이윽고 살의로 증폭되었고, 문이 거칠게 열리며 무림맹 무사들이 달려왔다.

"사과."

명예가 뭐기에.

"하십."

자존심이 뭐기에.

"시오."

도대체 그게 무엇이기에, 이렇게까지 하는 걸까.

팽련호는 지금 이 상황이 싫었다. 주변에서 죽기 싫으면 사과하라는 눈치가 마음에 들지 않았다.

그리고 아들뻘이나 되는 애송이 놈에게 우습게 보이는 것 같아서 마음에 들지 않았다. 그리고 잠시라도 그에게 겁을 먹어버린 현실 때문에 분노가 치밀어 올랐다.

결국 돌머리라는 저주에 맞게, 팽련호는 기어코 선을 넘어버린다.

"이젠 협박까지 하다니, 니 사부는 대체 무엇을 가르—."

쿠와아아아아앙!

주먹이 날아간다. 그냥 주먹이 아니었다.

팽련호가 순간 숨을 멈추면서 도를 들었다. 본능은 뛰어나서 아슬아슬하게 주먹을 막을 수 있었다.

그러나 주먹이 어디 보통 주먹인가. 상당한 분노와 공력이 실린 권격이었다.

그 주먹이 대기를 가르고, 뭉개고, 분자 단위로 없애버리면서 나아가 칼에 닿는 순간 폭발이 일어났다.

"커허억!"

팽련호가 비명을 토해내면서 열린 문을 통해서 벽까지 나가 떨어졌다.

그러나 그 충격이 보통이 아닌 듯, 벽에 몸뚱아리가 처박히더니 굉음과 함께 큰 구멍을 만들었다.

"무당신룡!"

제갈문이 진양을 급히 불렀다.

'안 돼!'

아무리 팽련호가 잘못됐다고 해도, 절차라는 것이 있다. 폭력만큼은 쓰지 말아야 한다.

특히 방금 전의 공격도 진양이 선공을 해버렸다. 이렇게 되면 입장이 매우 곤란해진다.

"무당신룡, 마음은 이해하네만 진정해 주십시오. 내 바로 팽가에 공식적으로……."

"저 그리 좋은 성격 아닙니다."

진양이 화를 곱씹으면서 앞으로 걸어갔다.

"전 사과할 기회를 주었습니다만, 그걸 거절한 건 팽 장로님입니다. 더 이상 참을 생각 없습니다."

건드리지 말아야 할 것을 건드렸다. 그게 지금 화가 나서 팽련호에게 주먹을 날린 이유다.

"네 이노오오오오옴!"

과연, 무림맹의 장로. 나름 상당한 공력을 넣었음에도 아직까지 살아있다. 벽에 구멍까지 내고 바깥으로 나가떨어진 팽련호는, 지면에 박은 도를 쥐곤 사자후를 터뜨렸다.

"감히—!"

"그래. 그래야 내 화를 좀 풀 수 있지."

개미만 한 목소리로 중얼거리면서, 지면을 박차서 팽련호에게 날아가 일장을 날렸다. 일부러 허무하게 끝나지 않도록 강기를 담지 않았다. 권기를 압축한 것뿐이었다.

"크흐윽!"

허나 팽련호는 그것만으로도 벅차하면서 겨우겨우 버텨냈다.

"하하하하!"

황개가 대놓고 웃음을 터뜨리며 마구 좋아했다.

정파인치곤 같잖은 위선을 떨지 않고, 사파만큼 솔직한

성격인 덕에 주변 눈치를 보지 않아도 좋았다.

원종대사나 당거종 역시 팽련호가 당하는 걸 보고 조금은 좋아하는 눈치였으나, 대놓고 표현할 수는 없었다.

"뭐지?"

"싸움이다!"

"무당신룡과 팽가의 장로닷!"

회의장에서 벗어나 벽을 꿰뚫어 바깥으로 데굴데굴 굴러 떨어지니 자연히 주변 시선이 고정됐다.

"아이고……."

제갈문은 지끈거리는 머리를 손가락으로 짚으면서 한숨을 토해냈다. 이젠 막으려고 해도 막을 수가 없었다.

또 이렇게 소란을 일으켰으니 소문도 막지 못한다.

고생고생해서 겨우 사기를 끌어 올렸더니, 이제는 아군 — 그것도 수뇌부끼리 싸움이 벌어졌다.

다른 때는 몰라도 전쟁을 앞두고 이 지랄들이라니, 참모로서 피눈물이 절로 흐른다.

"이게 도대체 뭐하는……."

수혜사태가 뒤늦게 정신을 차리고 얼른 싸움을 말리려 했다. 허나 그 전에 수화사태가 손을 들어 저지했다.

"사저."

"참아라. 무당신룡이 분노한 것이라면, 육존을 데려오지 않는 이상은 어떻게 할 수가 없다."

수화사태는 이 자리에 있는 어떤 장로들보다 진양에 대해 잘 알고 있다고 자부할 수 있다.

친해서 그런 건 아니다. 반대로 사이는 나쁜 편이다.

하지만 사이가 나쁜 편이기에, 그리고 공사를 합쳐 누구보다 이야기를 많이 나누었기에 안다.

무당신룡, 진양이라는 무인은 건드리지만 않는다면 기본적으로 호인이다.

적이라면 인정사정 하나 보지 않지만, 아군일 경우에는 대체적으로 봐주는 편이다.

그러나 반대로 말하자면, 잘못 건드려서 적으로 돌변하게 될 경우 — 그 다음 일을 보장하지 못한다.

수화사태도 그걸 알기에 진양의 역린만큼은 건들지 않는다.

"감히—!"

팽련호도 완전히 이성을 잃었는지 이제 대놓고 살기를 흩뿌리면서 진양에게 달려들었다.

파지직!

도에서 흐르던 기운이 시퍼런 섬광을 띄면서 빛났다. 그걸 본 구경꾼 중 누군가가 외쳤다.

"팽가의 혼원벽력도법(混元霹靂刀法)이다!"

팽가를 대표하는 무공을 거론하자면 단연 오호단문도지만, 아무나 배울 수 있는 게 아니다.

가주인 오호단주 팽산명과, 그에게 인정을 받는 몇몇 직계들만 가능하다.

팽련호도 하북팽가에서 상당한 위치에 있긴 하지만 그렇다고 오호단문도가 허용될 정도는 아니다.

하지만 혼원벽력도법 역시 하북팽가의 비전이라 할 정도로의 최상승에 속하는 무공이었다.

우습게 볼 수 있는 게 아니다.

"크하압!"

팽련호가 자신의 몸체만큼 커다란 도를 휘둘렀다.

"혼원벽력파(混元霹靂破)!"

누군가가 알아보고 친절하게도 설명해줬다.

도라는 건 기본적으로 베는 것이다. 그러나 혼원벽력파라는 초식은 좀 다르다.

베는 것으로 끝나지 않고, 주변에 벽력을 토해내 찢어발기는 험악한 능력까지 지니고 있었다.

벽력이라는 극양의 성질에다가 패까지 지니고 있다. 여러모로 귀찮은 무공이었다.

"뭔 짓을 하건 쳐부수면 그만이라고 하셨습니까."

그러나 정작 혼원벽력도법과 정면으로 마주친 그 장본인

은 별거 아니라는 듯 코웃음을 쳤다.

"그럼 이것도 어디 피하지 말고 대면해보시지요."

그리곤 아무렇지 않게 정면을 노리고 들어오는 도를 보고 손바닥을 날렸다. 같은 패의 성질인 십단금이다.

콰드드득!

혼원벽력파와 십단금이 부딪치자 폭풍을 일으킨다. 서로 기세가 보통이 아니라서 물어뜯고 난리도 아니다.

팽련호의 얼굴이 벌레 씹은 것처럼 일그러졌다.

'크으으……!'

팽련호는 고수다. 괜히 무림맹 장로직을 맡고 있는 게 아니다.

그러나 아직 화경을 앞에 두고 있을 뿐, 그 경기에 오르지는 못했다. 고수여도 진양에겐 상대가 되지 않는다.

나이도 제법 있고, 명문세가의 장로답게 내공도 일갑자를 가뿐히 뛰어 넘지만 진양에 비해선 조족지혈이다.

상대가 너무 나빴다.

이 무식한 내공에 정면으로 대결하다 보니, 금세 변화가 일어났다. 혈압이 높아지고, 얼굴은 붉게 물들고, 근육이 과할 정도로 부풀고 퍼런 핏줄이 튀어나왔다.

눈도 심하게 충혈 되어 곧 피라도 흘릴 것 같았다.

"잘 들어라, 이 돌대가리야."

코에 닿을 정도로의 거리가 되자, 진양이 속삭였다.

"네가 잘못한 건, 참모님을 겁쟁이라고 한 것도 — 전략을 무시하고 힘으로 밀어붙이라고 한 것도 아니다."

분노로 목소리가 들끓었다.

"오직."

손을 앞으로 내밀어, 도를 붙잡았다.

"허억!"

팽련호가 눈을 찢어질 듯이 크게 뜨며 경악했다.

다른 때도 아니고, 도기를 응집시켜서 전력으로 내밀고 있는 내공 대결 중이다. 아무리 화경의 고수라곤 해도 그 상태에서 손을 내밀어 도를 잡는 건 미친 짓이다.

"나의 사문과"

실제로 그 영향이 적지 않게 끼쳐, 도를 쥔 손바닥에서 피가 주르륵 하고 흘러내렸다.

"사부님을 욕한 것이다!"

분노를 참지 않고 토해낸다. 그리고 그 감정이 힘으로 전환되어 손에 쥔 도로 향했다.

빠지직!

불길한 소리가 난다. 명도로 소문난 도신에 작은 균열이 생기다 싶더니, 이윽고 거미줄처럼 퍼졌다.

"이 악 물어."

쨍그랑!

도신이 이윽고 힘을 버티지 못하고 유리처럼 깨지며, 빛을 반사시키는 조각이 되어 하늘하늘 떨어졌다.

느려진 시간 속, 팽련호는 두려운 눈길로 숨을 참았고 — 도사의 주먹이 대기를 가르며 그의 얼굴에 꽂혔다.

"시팔놈아."

쿠와아아앙!

*　　*　　*

대낮에 다른 곳도 아니라 무림맹 본단에서 싸움이 일어났다. 당연히 진양과 팽련호가 그 주인공이었다.

선공을 가한 것은 진양이었으나, 여론은 대부분 진양을 변호하고 팽련호를 욕했다.

"에잉, 안 봐도 그림이 그려지는구먼."

"팽련호 그 양반 성격이 지랄 맞은 게 어디 하루이틀인가. 분명 먼저 시비를 걸었을 것이 분명하네."

"어휴, 어떻게 속이 그리 좁아서야."

"뭐만 하면 지랄하는 그 성격 좀 고쳐야 해."

이래서 평소 행실이 중요하다는 것이다. 팽련호는 내부적으로도 외부적으로도 평가가 그리 좋지 않다.

무공이 강하긴 하지만, 역시 특유의 그 지랄 맞은 성격에 좋아하는 사람들이 그다지 많지 않았다.

"히야, 그나저나 그 싸움을 멀리서 지켜봤는데 괜히 무당신룡 무당신룡 그러는 게 아니더만."

"진 대협이 그리 강하시던가?"

"암, 강하고말고. 그 무식하기로 소문난 혼원벽력도법을 정면으로 받아쳤을 때는 깜짝 놀랐네."

"헉, 그게 정말인가? 팽련호의 혼원벽력도를?"

사람들은 이 일화를 듣고 매우 놀라워했다. 혼원벽력도법은 정면으로 어떻게 받아칠 수 있는 도가 아니다.

그만큼 정파의 무공 중에서도 무시무시한 파괴력을 지니고 있는 걸로 소문이 나있다.

그래서 대부분은 흘리거나 피하는 등의 다른 방법으로 처리하기 마련이다. 그런데 그걸 정면으로?

무공도 무공이지만, 상대가 무려 무림맹 장로이다보니 놀라움은 더더욱 컸다.

"아직 다 놀라기에는 이르네."

"아니, 여기서 대체 더 뭐가 있다는 말인가?"

"그게……."

진양이 팽련호의 도를 붙잡아, 그대로 산산조각 냈다는 대목이 흘러나오자 주변 사람들도 감탄했다.

무공에 대해서 잘 모르는 이들은 너무 과장이 아니냐고 피식 웃었지만, 바로 근처에 있던 무사들이 고개를 저으면서 정정해 주었다.

“아니, 무당신룡 대협이시라면 충분히 가능할 걸세.”

“소문에 의하면 내공이 바닥을 보이지 않는다고 하던데…… 그게 정말일 줄은 몰랐어.”

“허, 하늘이 괴물을 내렸군.”

특히나 일류나 절정 이상의 무사들은 죄다 혀를 차면서 기막혀했다.

이론적으로 가능한 일이긴 하지만, 그걸 진짜로 실행한다는 건 현실적으로 무리이다.

내공이 정말로 크게 받쳐주지 않는 이상, 그 상태에서 도를 조각낼 수 있지만 내상도 상당하다.

그런데 듣자하니 내상도 입지 않은 모양인데, 정말로 여러모로 대단했다.

어쨌거나, 이후 팽련호는 정신을 잃었다. 다행히 어디를 크게 다치거나 하지는 않았다.

진양이 분노하긴 했어도, 완전히 이성의 끈을 놓지는 않았다. 만약 그러면 정말 무당파 입장에서 곤란하다.

그렇기에 손속을 써서 팽련호가 약간의 내상을 입는 쪽으로만 끝났다.

무림맹 소송 의원들도 진료 결과 한 달 정도 쉰다면 금방 나아질 것이라고 말했다.

다만 이 소란은 철저하게 함구되었다. 무림맹 소속이 아니라면 유출하기를 엄하게 통제했다.

팽련호가 먼저 잘못을 했건 말건 간에, 수뇌부가 이렇게 싸우는 건 정사대전을 앞두고 좋지 않은 행동이다. 여론에 장난을 쳐 조작하는 걸 좋아하는 사도련주에게 빌미를 만들지 않게 위해 신경을 썼다.

한편, 하북팽가도 이 소식을 듣게 된다. 일단 팽련호의 일이니 그걸 안 알려줄 수가 없었다.

제갈문은 자세한 사정을 쓴 서신을 보냈고, 진양 역시 사과의 마음을 몇 줄 적어 서신을 포함시켰다.

"후우."

하북.

팽산명은 서신을 붙잡고 골치 아픈 듯 미간을 좁혔다.

"련호가……."

팽산명도 팽가의 직계답게 성격이 곱지가 않다. 반대로 분노하면 누구보다 지랄 맞았다.

그러나 팽산명은 책임질 것이 많다. 가주의 자리다. 가주는 아무리 화나도 화를 내지 않아야한다.

그렇기에 팽산명은 화나면 무섭긴 하지만, 그래도 팽가 사람들 중에서 머리가 좀 있는 편이었다.

나이도 제법 많아 수많은 경험이 팽산명이 이 자리에 오랫동안 머물게 했다.

팽산명은 정식으로 항의 하려다가, 이내 머리를 좌우로 흔들면서 포기해야만 했다.

먼저 시작한 건 팽련호였다. 무림맹 회의에서, 그것도 경고를 받았는데도 도를 넘게 됐다.

서신의 내용을 확인하니 팽련호가 뭐라할 것이 아니었다. 정말로 맞아도 싸다.

팽가의 식구식으로 생각하면 그건 부모님 욕을 한 것과 같다. 그걸 참으면 사람이 아니다.

"후욱, 열 받는군……."

팽지괄의 일도 그렇고, 팽련호의 일도 그렇고.

어째 가족들이 사고만 치고 다닌다. 비교적 상식인에 속하는 팽산명은 그저 한숨만 쉴 뿐이었다.

"대충은 정리된 것 같군요."

수혜사태가 눈썹을 험악하게 굽힌 채로 엄히 말했다.

"죄송합니다."

진양이 쓰게 웃으면서 뒤통수를 긁적였다. 무림맹주의

입장을 생각해 보니 저렇게 화낼 만도 하다.

"무당신룡께선 항상 폭풍을 몰고 다니시는군요."

첫 만남 이후부터 계속 그랬다.

물론 정마대전 때 만났으니, 어쩔 수 없는 일이지만.

"그렇다고 참을 수는 없는 일이지 않습니까."

"암, 그렇고말고."

황개가 팔짱을 낀 채로 머리를 끄덕였다.

"황 장로님, 뭘 잘하셨다고 그리 말씀하십니까."

수혜사태가 발끈 하고 나서며 황개를 째려봤다. 그러자 황개가 윽, 하고 침음을 흘리며 시선을 돌렸다.

팽련호의 말을 걸고넘어져 필요 이상으로 흥분시킨 사람 중 하나가 황개다.

"하하하, 뭐 그래도 반응할 만하지 않았습니까. 황 장로를 부디 용서해 주십시오."

당거동이 수염을 매만지면서 껄껄 웃었다.

회의는 팽련호만 빠지고 다시 계속됐다. 확실히 큰 소란이었지만, 중단할 정도는 아니다.

팽가와의 외교 문제도 있지만 그보다 더 중요한 사안이 눈앞에 있다.

"커흐흠, 그럼 이제 정말로 본론으로 들어가겠습니다."

제갈문이 좌중의 시선을 끌었다.

"황궁의 개입 이후, 사도련주가 수상한 움직임을 보였습니다. 그중 몇 가지를 포착할 수 있었습니다."

"크흥, 그거 잡느라 우리 개방이 고생 좀 했지."

황개가 코를 슥 훑으며 자부심 가득한 표정을 지었다.

연미의 일로 개방의 신뢰가 떨어졌기 때문에, 그걸 어떻게든 회복하려고 정말 많은 노력을 했다.

"사도련주와 금의상단이 접촉했다는 첩보를 받았습니다."

"맙소사!"

여기저기서 비명이 터져 나오고, 얼굴이 심각하게 굳었다.

'금의상단이라면 분명…….'

금의상단. 중원을 대표하는 대규모 상단 중 하나다.

중원 무림 전 지역에 크고 작은 전장을 소유하고 있으며, 그 외에 교역로나 유통로 등을 독점하고 있다시피 했다. 대부분 상단이 이 금의상단의 눈치를 본다.

솔직히 말해서 전장 외에는 이렇다 할 사업을 하고 있지는 않지만, 이것만 해도 압도적이었다.

그리고 이 금의상단의 산하에는 금의검문이라는 약 오십여 년밖에 되지 않은 문파가 있다.

주로 활동하는 지역은 산동. 비록 역사는 짧지만 이 부를 이용해 영약이라거나 다양한 고수들을 영입한 덕에 웬만한 대문파와 견줄 정도로 위세를 떨쳤다.

진양 역시 이 금의검문과 좋지 않은 연이 있다. 백리선혜와의 만남이 떠올랐다.

"그 돈벌레들이……."

창허자가 혐오 어린 눈을 보였다.

금의상단의 산하에 있는 금의검문 정파 세력권에서도 상당한 영향력을 끼친다.

다만 그럼에도 불구하고 같은 정파 내에서도 좋아하는 이들은 그다지 많지 않다. 반대로 적이 많다.

금의검문의 무공 대부분은 돈으로 구입한 것. 또는 고수들에게 수많은 부와 여자를 약속해 주어 얻어낸 것이다. 즉, 돈으로 모든 것을 해결하는 집단이었다.

무학에 긍지를 둔 사람들 입장에선 혐오할 만했다.

단, 그럼에도 불구하고 금의검문 — 나아가 금의상단은 여전히 정파에서 퇴출당하지 않고 여전히 무소불위의 권력을 자랑한다. 무림맹주도 함부로 대할 수 없는 건 물론이고 이건 팔파일방과 오대세가도 마찬가지다.

이는 정말 단순무식하게도 금의상단이 정파의 후원자로서 천문학적인 돈을 지원해 주기에 그렇다.

조금이라도 기분을 상하게 한다면 지원금이 끊긴다.

농담이 아니라 무림맹 예산의 삼 할 정도는 금의상단이라 할 수 있을 정도다.

결국은 모두 쉬쉬하면서도 금의상단 앞에선 눈치를 보며 헤픈 웃음을 흘릴 수밖에 없었다.

"이건 그냥 지나칠 수 있는 일이 아니구려."

당거종이 신음을 흘렸다.

정사대전을 코앞에 두고 삼 할가량의 자금을 대주고 있는 상태인데, 사도련에 줄을 서면 문제가 된다.

"지금까지 우리가 해 준 게 얼마인데!"

창허자에게서 분노의 외침이 터져 나왔다.

금의상단이 이렇게나 많은 자금을 대주다보니, 당연히 그들에게 꼬리를 살랑이면서 도울 수밖에 없다.

그래서 절정이나 초절정이나 되는 무림맹 무사들을 정기적으로 붙여줘서 상단의 호위를 해주었다.

또 무슨 요청이 있다면 자존심을 구겨서라도 들어주었고, 어디에 가건 무림맹 소속이 따라다녔다.

대문파건 뭐건 간에 금의상단의 거대한 자금력 앞에서는 머리를 숙여야했고, 입을 다물어야 했다.

창허자도 상당한 치욕을 받았는지 벌겋게 달아오른 안색으로 몸을 부들부들 떨었다.

"……이게 사실이라면 기필코 막아야합니다."

수화사태가 굳은 얼굴로 강력하게 의견을 표현했다.

안 그래도 불리한 무림맹이다. 그런데 여기서 금의상단

의 자금력이 사도련으로 옮겨가면 문제가 된다.

"가서 협박이라도 하라는 거요?"

황개가 코웃음을 치면서 현실적인 문제를 지적했다.

"우리 좀 솔직해 집시다. 금의상단을 찾아가서 빌어도 시원치 않을 판에, 무력으로 협박을 할 수는 없소. 조금이라도 기분을 상하게 한다면 사도련으로 완전히 돌아설 거요."

"아미타불. 황 장로. 어찌 말을 그렇게 하십니까."

원종대사가 불쾌한 듯 허옇게 질린 눈썹을 찌푸렸다.

"첩보가 확실한 거요?"

당거종이 물었다.

"확실하지 않는 이상 섣불리 움직일 수 없소."

만약에 이게 거짓 정보라면 괜히 금의상단을 건드리게 되는 꼴밖에 되지 않는다. 자칫 잘못하면 정말로 금의상단을 적으로 돌린다. 그렇게 되면 최악이다.

"저 역시 그걸 생각하지 않는 것이 아닙니다. 몇 번이나 확인해 본 일입니다."

제갈문이 한숨을 푹 내쉬며 답했다.

"끄으응."

장로진들이 하나같이 관자놀이를 손가락으로 누르면서 골치 아픈 듯 신음을 흘렸다.

"그리고, 무당신룡. 이참에 말하는데 앞으로 조심해야할 겁니다. 유령곡이 당신을 노리고 있습니다."

제갈문의 목소리에 진양은 쓴웃음을 흘렸다.

"예. 북해의 일 때문이겠죠."

"허어어, 무당신룡이 목 좀 조심해야겠구먼."

황개가 혀를 차면서 불쌍하듯이 진양을 쳐다봤다.

"황 장로님!"

대놓고 '넌 죽을 것이다.'라고 말하는 황개를 보고 수혜사태가 사나운 기색으로 소리를 빽 질렀다.

"내 말이 심했소. 미안합니다."

황개가 깨갱 하고 목을 움츠렸다.

"어떻게 할 생각이오?"

창허자가 수혜사태를 슬쩍 쳐다보고 의견을 물었다.

주요 정보들은 당연히 장로들보다 먼저 무림맹주에게 들어온다.

이미 제갈문과 이 첩보 소식을 듣고 일차적으로 회의를 하고 생각한 것이 있었을 것이다.

"……일단은, 대화를 해 볼 생각입니다."

"대화라니! 아직도 답답한 소리를 하실 생각입니까!"

창허자가 가슴을 쥐어뜯으며 언성을 높였다.

"그렇지 않아도 평소에 돈 몇 푼 쥐어주면서 기고만장했던 놈들입니다. 뭐든지 돈으로 해결하는 놈들을 이번 기회에 아주 코를 납작하게…….”

“창 장로님. 어떤 상황인지 잘 아시지 않습니까.”

수혜사태가 창허자를 빤히 쳐다보았다.

“……으으윽!”

현실적으로 보자면 설사 이렇게 중요한 첩보 사실을 알았다곤 해도 습격하거나 할 수는 없다.

현대의 지식을 빌리자면 금의상단은 무림맹의 투자자, 그것도 대주주다.

그런데 여기에서 투자가 끊긴다면 무림맹은 사실상 패배를 의미한다.

물론 그렇다고 가만히 있을 수는 없는 노릇이다. 그렇기에 찾아가서 어떻게든 설득해야한다.

“무엇보다 금의상단의 행동이 조금 그렇기는 하나, 일단은 무림맹의 은인입니다. 듣자하니 저번의 정사대전의 승리는 그들의 지원이 있었기에 가능한 일이 아니었는지요?”

전쟁은 무언가를 얻기 위해, 증명하기 위해 한다. 그러나 얻는 것에 비해 잃는 것이 워낙 크다.

승리하건 패배하건 그 결과는 좋지가 않다. 무림맹도 오십여 년 전에 그랬다.

세력이 반 토막이 됐고, 또 그 피해를 채우려고 어마어마한 돈이 들었다.

그 자금의 삼 할 이상이 금의상단에게서 흘러나왔다. 무림맹이 그들에게 꼼짝 못하는 것도 당연하다.

물론 지원을 받지 않아도 회복할 수는 있다. 그러나 그들의 돈으로 최소한 만 단위의 무림인들을 구했다.

어쩌면 저번 정마대전 역시 금의상단의 손길이 오십년 전에 없었더라면 패배했을지도 모른다.

"…… '어쩔 수 없는 일' 이라고 말씀하시는 겁니까?"

창허자가 눈을 매섭게 뜨면서 물었다.

"팽 장로님처럼 행동하시려는 것 아니겠지요, 창허자 장로님."

곁에 있던 수화사태가 슬그머니 험악한 기세를 내뿜었다. 이에 수혜사태가 손을 들어 얼른 제지했다.

아직 회의 결정도 내리지 못 했는데, 또 싸움이 일어나는 건 질색이다.

"이 무림에서 은원이라는 것이 얼마나 중요한 것인지 알고 있을 거라 생각됩니다, 창허자 장로님."

"……."

"전 금의상단을 의심하지 말라는 뜻이 아닙니다. 다만, 그분들에게 빚을 졌으니 기회를 주자는 뜻이지요. 정파의 대표인 무림맹이 도의를 무시하거나 잃는다면, 누가 지키겠습니까."

"그렇게 소극적으로 나가신다면……!"

"은혜도 모르는 짐승이 되시라는 말씀이십니까!"

수혜사태에게서 불호령이 떨어졌다.

"대화를 나누지 않고, 섣불리 판단하는 건 금물입니다. 힘만으로 해결하려면, 저희가 마교도와 뭐가 다르다는 겁니까. 부디 다시 한 번 생각해 주십시오."

수혜사태가 머리와 함께 허리를 살짝 숙였다.

"아, 아니……그, 그러실 필요까지는……."

그 파격적인 행동에 창허자 장로도 눈을 굴리면서 당혹스러워 했다.

"맹주님."

수화사태가 불만 가득한 얼굴로 눈치를 줬다. 위엄을 지키라는 뜻이 숨겨져 있었다.

허나 수혜사태는 여전히 머리를 숙인 채로 움직이지 않았다.

"커흠, 커흐흠! 아, 알겠습니다! 커흐흠!"

창허자도 끙, 하고 헛기침을 토해냈다. 그제서야 수혜사태가 머리를 들었다.

'언제 봐도 정말 대단하단 말이지.'

만나지 않은 지 반년이 훌쩍 넘었으나, 무림맹주는 여전히 변하지 않았다. 첫 만남 그대로였다.

올바르고, 평화를 위해서라면 자존심을 버리고, 자기를 희생으로, 또 진심으로 남을 아끼고.

또 무공이 강한 것도 아닌데 장로진들 모두를 기백만으로 제압할 수 있는 매력까지 지니고 있었다.

맨 처음, 대부분 사람들은 전대의 무림맹주인 지무악의 선택은 이해하지 못했다.

정황상 그랬다는 걸 머리로는 이해했지만, 마음속으로는 '죽기 전에 머리가 돌아서 그런 가 아니야?' 라고 생각하곤 했다. 대놓고 고인을 욕하기도 했다.

그러나 지금은 다르다. 아직 다는 아니지만, 대부분 사람들이 엄지를 치켜들며 진심으로 존경하고 있다.

'힘이 없어도 무림맹주에 오를 수 있다.'

무공과 힘만이 전부였던 세상, 무림.

그게 한 사람만으로 바뀌고 있었다.

*　　*　　*

회의가 끝났다. 안건이 모두 처리된 건 아니었다. 다만 다른 날로 약속이 미뤄졌다.

결정된 것이 있다면, 금의상단으로 가서 상단주를 비롯한 상인들을 만나 진실을 확인하기로 했다.

그 외로 들은 것이 있다면 무림의 현 상황이었다.

일단 황궁의 개입으로 각지에서 발생했던 크고 작은 세력 다툼은 잠시 소강상태에 벌어졌다.

황제가 직접 나서서 마교의 잔당을 처리할 때까지 소란을 피우지 말라고 황명을 내렸기 때문이다.

무림맹은 요 반년 동안 이틈을 노려서 재정비. 이후 사도련과의 접전지에 병력을 재배치한다.

그 후, 정사대전을 더욱 철저히 준비했다.

주로 단체전을 생각하여 진법 훈련에 박차거나, 혹은 좀 더 몸에 맞는 병기를 찾아서 구입했다.

또는 아직까지 중립이거나 혹은 은거한 무인들을 찾아서 설득하기도 했다.

바야흐로 전란의 시대, 사도련주가 뒤에서 음모를 꾸미는 동안 무림맹도 열심히 움직였다.

안휘, 무림맹 본단.

"양아!"

"누님."

회의가 계속되는 나날. 도연홍이 찾아왔다. 반년을 훌쩍 넘게 보지 않아 상당히 반갑게 느껴졌다.

"어서와!"

도연홍이 달려와 품 안에 안겼다. 특정 부위가 느껴져서 얼굴이 화끈 달아올랐다.

'으윽, 여전하시군.'

키가 여전히 크다.

"이런, 이 누님이 늦게 찾아와서 미안해. 마침 다른 지역에 있어서 오느라 시간이 좀 걸렸어."

도연홍이 정말로 미안하다는 기색을 보였다.

"괜찮습니다."

"암, 그럼. 괜찮고말고. 동생이라면 당연히 그래야지. 원래 누나는 좀 실수해도 되는 거야."

도연홍이 히죽 웃으면서 진양의 옆구리를 팔꿈치로 쿡쿡 찔렀다.

"여전하시군요, 누님."

그 모습을 모용중광이 지켜보면서 부드럽게 웃었다. 뒤늦게 그를 발견한 도연홍이 반가운 표정을 지었다.

"화경에 올랐다며? 정말로 축하한다."

도연홍은 사내만큼 쾌활하게 웃으면서 축하해줬다.

"감사합니다."

모용중광은 몇 없는 친인에게 진심 어린 축하를 받자, 꽤 기쁜 듯 흡족한 얼굴로 머리를 위아래로 끄덕였다.

"어머나, 당신이 소문으로만 듣던 청해제일미인가요."

진양이 무림맹에 머무르는 동안, 그 어떤 여자도 접근하지 못했다. 곁에 있는 백리선혜 때문이었다.

"선선미호……!"

도연홍은 백리선혜를 한 눈에 알아봤다.

그렇지 않아도 무림에는 여고수가 별로 없다. 그러다보니 외모라거나 특징에 대해서 잘 알려져 있다.

선선미호는 여고수 중에서도 손에 꼽히며, 또 선외루의 루주다보니 상당한 유명인이었다.

백리선혜도 여고수로서, 백리선혜를 한 번쯤 만나보고 싶다고 생각한 적이 있었다.

"……."

허나, 도연홍의 눈이 그다지 호의적이지 않다.

"……후배가 강호의 선배님을 뵙습니다. 도가장의 가주인 일도양단의 딸, 도연홍이라고 합니다.

도연홍이 포권으로 허리를 살짝 숙여 인사했다.

"응?"

진양이 그걸 보고 고개를 갸웃거렸다.

일단 기본적인 예의는 맞춰서 인사를 한 것 같긴 한데, 무언가가 걸리는 것 같아서 이상했다.

"후후후, 연적이란 느낌이려나."

백리선혜가 소매로 입가를 가리며 능글맞게 웃었다. 그런데 가만 보면 웃는 게 웃는 게 아니다.

눈매는 초승달처럼 휘어있는데, 그 안에 있는 눈동자는 살벌하게 불타오르고 있었다.

'이 여자…….'

도연홍은 직감적으로 백리선혜와는 사이가 좋아지지 못할 것을 느꼈다.

"허, 정말로 죄 많은 남자구려."

모용중광이 감탄사를 흘리며 진양을 쳐다봤다.

"그건 또 뭔 소리오?"

진양이 이해 못 하겠다는 듯 고개를 갸웃거렸다.

"……아무것도 아니오."

모용중광은 혀를 차면서 어깨를 으쓱였다. 눈치라는 것이 꼭 무공의 경지와는 상관없다는 걸 깨달았다.

"만나서 정말로 반가워요. 강호의 몇 없는 여자끼리 뭉쳐야죠. 친구로서 친하게 지내요."

백리선혜가 도연홍에게 먼저 다가가 말을 걸었다.

"네, 물론이죠. 그렇지만 아무래도 저보다 연령이 좀 많으시는 것 같은데, 친구는 무리인 것 같은데요."

도연홍이 눈썹을 꿈틀거리면서 대놓고 시비를 걸었다. 이에 백리선혜는 재미있다는 듯이 호호호, 하고 웃으면서 입가에 싸늘한 미소를 그려냈다.

"하긴, 그렇네요. 제가 머리가 좀 나쁜 사람이랑은 안 맞아서요. 무례한 사람도 좀 그렇고……."

안타깝게도 도가장 역시 하북팽가처럼 막 나가진 않지만, 그래도 꽤 무식한 편으로 알려져 있다.

아니, 정확히는 무식하다기보다는 성격이 다혈질적이다. 그래서 별명에 멧돼지가 자주 붙는다.

"전 아니니까 상관없겠네요, 아주머니."

선배님에서 아주머니로 바뀌었다.

"아주머니?"

백리선혜는 나이가 좀 있는 편이다. 아주 많지는 않다. 하지만 그래도 삼십 대는 된다.

이 시대에서 삼십 대면, 열다섯의 성년을 자식으로 둬도 전혀 이상하지 않다.

하지만 백리선혜는 아직 혼례를 올리지 않았다. 아직 노처녀다. 그리고 여자란 건, 나이에 민감한 법이다.

"네, 아주머니."

파지지직!

백리선혜와 도연홍 사이에서 불꽃이 튀었다.

"괜찮다면 저랑 차 한 잔 하시지 않을래요? 부디 꼭 대접하고 싶네요. 단둘이서요. 아, 혹시 멧돼지라서 차를 못 마시려나? 미안해요."

백리선혜의 이마에 퍼런 핏줄이 툭 튀어나왔다.

원래 그녀는 웬만한 도발에도 잘 넘어가지 않는다. 괜히 별호에 여우라는 이름이 붙이는 게 아니다.

항상 언제 어디서나 침착함을 유지하고, 능글맞음과 여유를 보인다.

하지만 이상하게 요즘 따라 진양과 관련된 일에만 이렇게 감정적으로 변한다. 신기한 일이었다.

"동생, 여기 아주머니가 날 괴롭히려는데. 좀 도와줄래? 나한테 꼰대질까지 하려하네. 이러다 치겠다."

도연홍이 허리춤에 매단 도를 매만지면서 소름끼치는 웃음을 흘렸다.

"음, 농담까지 하는 사이로 벌써 발전하다니…… 친해보여서 좋군요."

진양이 그 모습을 지켜보며 흡족하게 웃었다.

"허어."

모용중광이 탄식을 감추지 못하고 내뱉었다.

중원을 구한 영웅도 여자관계는 못 구하나 보다.

덤으로 눈치까지 말이다.

〈다음 권에 계속〉

DREAMBOOKS★

DREAMBOOKS★

DREAMBOOKS★

DREAMBOOKS★